光文社文庫

文庫書下ろし

ゴールドナゲット

警視庁捜査一課・兎《う》束《づか》晋《しん》作《さく》

梶永正史

光 文 社

この作品は光文社文庫のために書下ろされました。

ゴールドナゲット

警視庁捜査一課・兎束《うづか》晋作《しんさく》

プロローグ

春はまだ遠いな。

見上げた桜の枝に小さな蕾《つぼみ》のシルエットがかろうじて見えた。昼間であれば、小さく畳まれた花びらを認識できたかもしれないが、十メートル離れた街灯の光では、まだ樹皮に埋もれたそれを認めることは難しかった。

彼女の足はおぼつかなかった。一歩踏み出すには体全体を振り回さなければならず、三歩進んでは福傳寺《ふくでんじ》の壁に寄りかかって、息を整える。

——あの人に伝えなきゃ。

もし近くに誰かがいて、さらに注意深く彼女の呟《つぶや》きに耳を傾けていたら、あるいはその言葉を聞き取れたかもしれない。八王子《はちおうじ》駅周辺の中心地で、昼間であればそれなりの人通りがある場所ではあったが、深夜に歩く人はいなかったし、彼女を照らすヘッドライトの光もなかった。

仮に通りかかる人がいたとしても、繁華街からもさほど離れていないため、深酒をした女の戯言《ざれごと》くらいにしか思わなかったかもしれない。

普通なら一分もかからない距離に五分ほどをかけ、女は船森《ふねもり》公園に倒れ込んだ。

彼女はこの公園が好きだった。

二十五メートルほどの奥行きのこぢんまりとした公園で、真ん中には腰の高さの岩があり、角度によっては伏せた犬が主人の命令を待っているように見えることから、密かに〝わんこ岩〟と呼んでいた。

新たな一歩をこの街で踏み出すことになった時は不安で仕方がなかった自分に、この公園はささやかな安らぎをもたらしてくれた。

彼女は〝わんこ岩〟に覆《おお》い被《かぶ》さるように体を預けた。冷たい夜の空気を凝縮した氷のような岩肌だったが、熱く火照《ほて》る身体には、かえってそれが心地よかった。

今度は背中を冷まそうと仰《の》け反《ぞ》るような姿勢で上を向く。周囲をビルやマンションにとり囲まれているが、真上にぽっかりと穴が空いたような空間には星空が見えた。吐いた息が白く昇っていき、暗い空に霧散する。

そのうち足が体を支えきれなくなって、ずるずると尻もちをついた。投げ出した両足は、しばらくは重力から解放されたことを喜んでいるようでもあったが、役割を終えてしまったかのように感覚は消え去っていく。

――なんで、裸足なんだっけ。

自分の足のはずなのに、感覚がないからか、まるで他人の足、いや棒切れでも見ているような気になった。

その感覚は足だけにとどまらず、徐々に上半身へと進行してきた。

——はやく、あの人に。

重い身体を持ち上げようとするが、右手が石のように重くなり、いうことをきかなくなった。

——はやく、はやく。

左手に握っているのはマスコットがついたボールペン。〝あの人〟がくれた、彼女にとっては未来へのコンパスのような意味を持つものだった。

それまでの人生で、はじめて未来を夢みることができた。ようやく人並みの生活……普通が手に入る。

しかしその左手もついにパタリと地面に落ちた。冷たい地面の感覚はなかった。むしろ自分の手のほうが地面よりも冷たいと思うほどだった。

——せめて、空を。

数十倍にも重量が増したような頭をなんとか持ち上げて、その目がオリオン座を捉えた。

いつも目印にしている、あのひときわ明るい星の名前はなんだったかな。

彼女は懸命に思い出そうとしたが、その答えに辿《たど》り着く前に首の筋肉は頭を支えることができなくなり、気づけば手の甲を地面につけた左手を見ている。

それでもしっかりと握った左手から覗《のぞ》くマスコット、〝ピーポくん〟だけは離すまいと、残された力を集中させた。
そして、わずかに微笑《ほほえ》んでみせた。

1

「兎束《うづか》ってやつはいるか！　このクソ野郎っ！」

そう叫ぶ者がいた。

はっきりとその姿を捉えているのに、わざわざ〝いるか〟と疑問形で聞く意味はなにか。近くに来て声をかければ小さな声ですむ。なんなら肩をポンと叩いてくれてもいい。逃げもしないのになぜわざわざ遠くから叫ぶ必要があるのか。

それは自分を強く見せることでこの後の展開を有利に進めたいという、実力のない小者がやる虚勢にしかならない、と兎束晋作《しんさく》はため息をついた。

兎束は自身が三十歳を迎えた三月一日付で巡査部長に昇進し、それに合わせて武蔵野《むさしの》警察署から本庁捜査一課に異動してきたばかりだった。

武蔵野警察署は吉祥寺《きちじょうじ》という繁華街を管内に持つ所轄署で、時に連続殺人事件の捜査に従事したこともあったが、物騒な事件は稀《まれ》で、基本的には住宅街が主なエリアの比較的静かな街だった。

本庁の刑事といえば、捜査本部がたてば所轄署に乗り込み、捜査の指揮を執《と》る颯爽《さっそう》とした
イメージを持っていたが、異動してからこれまで大きな事件もなく、書類整理に忙殺される

日々を送っていた。

これは、異動したのが、新任の木場《きば》警部補を班長とする捜査班の新設に合わせたからなのかもしれない。

「おいっ！　クソウサギ！」

距離に合わせて声量を調整する気もないようだ。

そもそもクソとはどういうことなのか。本人にとっては『こんにちは』くらいの意味でしかないのかもしれないが、その言葉が受け取り手や周囲の人間に与える影響を考慮していない。おそらく脳ではなく、脊髄《せきずい》反射による言動なのだろう。

叫び声の主は肩を怒らせ、大股《おおまた》で進み、すれ違う者を突き飛ばしながらも、血走った目は兎束から離さない。

その人物と直接話したことはなかったが、これまでも捜査一課に乗り込んできては騒ぎを起こしていたので属性は知っていた。

人生で『傍若無人《ぼうじやくぶじん》』という言葉が当てはまる人間を挙げろ、と聞かれたら、兎束は二人の名前を出すが、そのうちのひとりだ。

秋山康弘《あきやまやすひろ》警部補。捜査二課の刑事で、年齢は五十代半ば。絵に描いたような中肉中背で、ここからでも夕バコの臭いが鼻を突きそうだ。

捜査二課は、汚職や贈収賄《ぞうしゆうわい》、詐欺などの知能犯を相手にする部隊であり、そこに集まる捜査員はインテリ然とした連中という印象を持っていたこともあり、秋山がその捜査二課の所属で、一班を預かる班長だと聞いた時は意外でしかなかった。異端者扱いされているのは間違いない。

もともとは組織犯罪対策部に籍を置き、暴力団を相手に立ち回っていたということもあってか、見た目や粗暴な言動は、いまも体に染みついて抜けないようだ。

「おいっ！　お前が兎束だな！」

「はい。わたしになにかご用でしょうか」

秋山に関わるとロクなことはない、と噂《うわさ》されていたので、兎束は作成した書類から目線をはずさずに答えた。着任早々、評価を落とすわけにはいかない。

「捜査だ！　ちょっとツラ貸せ！」

無理難題をふっかける輩《やから》だと聞いていたが、どうやらその通りのようだ。

「捜査？　わたしは捜査二課の案件に関わった記憶はありませんけど」

「じゃあ、俺のツラを貸してやる」

そう言って、無人だった隣の席の椅子を引き寄せると、その体を重力に任せて落下させた。

その衝撃は兎束の机を振動させ、綺麗に並べてあった三本のペンの平行を乱した。

兎束はこうした〝乱れ〟を嫌悪《けんお》していた。

順列、順序、整理整頓、清潔、品行方正。

無造作ヘアとか言われることが多い髪型も実はこだわっている。重くなり過ぎないマッシュルームをやや左にふわりと流し、レイヤーだって入れている。

ゆえに、物事の理《ことわり》や拘《こだわ》りを無視する物事にストレスを感じてしまうのだ。

聞こえるようにため息をつきながら、慎重にペンの位置を戻す。

ふふっ、と小さな笑い声が向かいの席から届いた。

毛利恵美《もうりえみ》巡査。彼女が、二人目の傍若無人だった。

スタンフォード大学卒の帰国子女だが、アメリカの価値観が世界のスタンダードかつ最先端だと言わんばかりに日本のやりかたを見下す。年功序列や先輩を敬うという概念は皆無で、インクルージョンやダイバーシティ、そんな言葉を旗印に日本古来の礼節を破壊している。

年齢も階級も兎束のほうが上なのにもかかわらず、だ。

兎束の新しい上司である木場班長とは以前の捜査班から一緒だったようで、一課に配属されたのは恵美のほうが先ではある。

親しき中にも礼儀ありっていうでしょ――と、彼女はよく言うが、実のところ親しくもないのに礼儀もない。

さらに、兎束のことを、〝うさぎ〟とか〝ぴょん〟と呼ぶこともある。

通常は五名ほどで構成する捜査班だが、まだ三名しか揃《そろ》っていない木場班にあっては逃げ場がなく、その存在はストレスでしかない。

その恵美はいま、もうひとりの傍若無人を興味深そうに目で追っていた。

「貸すツラも貸りたいツラもありませんが」

相変わらず目を合わせずに言うと、秋山が兎束の胸ぐらを摑《つか》んでぐいと引っ張った。

ここは警視庁本部。千四百万都民の治安を守る首都警察の本部機能を担う者にこんな輩がいることが信じられなかった。

「いいから話を聞けっつってんだろ！」

タバコの臭いの混ざった息が襲ってきて、兎束は毒ガスでも浴びせられたかのように無遠慮に顔をそむけた。

これまで綺麗《きれい》に保ってきた肺の中に異物を吸い込むことは、土足で部屋にあがられるような不快さがあった。

これだから昭和の刑事は……。

「ちょっと離してくださいよ」

摑まれた秋山の腕を振り払い、最高の感度を持つセンサーのように指先で自身の服装をチェックした。

ネクタイの位置がずれていた。シャツにも皺《しわ》が寄っていた。

気になる。

この状況下においても兎束の意識は自身のロッカーに飛んだ。その中にはアイロンがぴっちりとかかったシャツが常に五着は用意されている。

その表面は凪《な》いだ湖面のようになめらかさを保っていなければならない。職務に集中するためのものでもあるし、緩みや油断を許さぬという意識の表れでもあった。

この通り魔のような一件が終わったらすぐに着替えよう。そしてこの不愉快な記憶を消し去り、綺麗な気持ちで職務に戻るのだ。

「おい、聞いてんのか」

聞いていなかった。

「手短にお願いします」

「お前に調べてもらいたい案件がある」

数秒の沈黙。その間、飛び出しそうな勢いの眼球で睨《にら》まれながらも、兎束はすぐに反応することができなかった。

この場合、秋山と会話を成立させるためには膨大《ぼうだい》な情報が欠落していて、それを埋めるための想像力を駆使するのに時間が必要だったのだ。

しかし、やはり意味がわからなかった。冷たく突き放すこともできたのだが、最大限の譲歩をした。

「……捜査の依頼ということでしたら上を通してもらってください。然《しか》るべき適任者を上司が判断してくれると思いますので」

兎束が喋《しゃべ》りはじめてすぐに秋山は首を横に振りはじめていて、それは徐々に大きくなっていった。まるでエネルギーをチャージする行為だったかのように、最後はまた叫んだ。

「おめぇじゃねぇとだめなんだよ！」

周囲が静まり返った。そんななか恵美がぽそりと言った。

「そのセリフ、女から言われたらいいのにね、兎束さん？」

ニヤリと口角《こうかく》を上げた。

猪《いのしし》の牙《きば》のように突き出した、短く切った髪先が、好戦的な性格を表すように揺れる。

「話だけでも聞け」と秋山が言い「話だけでも聞けば？　うるさいから」と恵美が受ける。

この二人と関わると、一日に何匹の苦虫を嚙み潰さなければならないのかわからない。もし苦虫が実在するのであれば、この二人と関わりはじめた瞬間、絶滅危惧種になっているだろう。

「それで、どうしたんです？」

話を聞くとなれば秋山は椅子にふんぞり返った。そこまで言うなら話してやる、と言いたげな態度に兎束はまた苦虫を嚙む。

「一週間前、八王子で若い女が死んだ事件、知ってるか。いや知らないはずはない、お前が張本人なんだから」

兎束は手元の書類に目を落とした。他の係が捜査した案件を書類にしているだけなので張本人呼ばわりされる覚えはなかったが、手にしているのはまさにその報告書だった。

午前三時二十四分、ＪＲ八王子駅北口から徒歩五分ほどの距離にある船森公園で若い女性が倒れているとの通報をうけ、八王子警察署八王子駅北口交番の警察官二名が急行した。通報通り若い女性が公園中央にある岩に寄りかかっており、心肺停止状態であることを確認。通報と同時に要請を受けていた救急車がほどなく到着したものの、搬送先の救急病院にて死亡が確認された。

また、死因については同日の昼までに判明した。

「覚醒剤の過剰摂取によりショック死した件ですよね」

バンッ、と机を叩いたその勢いで秋山は立ち上がる。

「そうだ、その件だ！　ああっ？」

「正解したのに、どうして怒られなければならないんですか」

秋山は体内に溜《た》まったガスの圧力を抜くかのように長めの鼻息をつき、再び着座し、言葉を絞り出すように言った。

「いまのところ、そういうことになっている」

「いまのところもなにも検視の結果ですから覆《くつがえ》りません。しかもその女性は前科もあったんですよね、覚醒剤の常用で」

「それは昔の話だ。いまは社会復帰していた」

「覚醒剤にかかわらず薬物乱用者はその連鎖を断ち切ることは困難です。検視報告書を鑑《かんが》み、その女性は社会復帰したとはいえ、いまも常用していたのでしょう——」

胸に衝撃が走り、気づけば秋山に吊《つる》し上げられていた。

「なんだとこら！　もういっぺん言ってみろ！」

いまにも拳《こぶし》が飛んできそうな剣幕だったが、ギリギリのところで秋山の自制心が働いたのか、突き放し、鼻息を荒くする。

兎束の頭は理不尽という文字で埋め尽くされていた。

「なんなんですか、ほんとに」

「お前が紗季《さき》を侮辱《ぶじょく》するからだ！」

「紗季？」

誰だ？　と恵美に目をやるが、体の横で両掌を上に向け、〝アイ・ドント・ノー〟のジェスチャーを返された。

「すいません、誰ですか」

そこまで言って、死亡した女性の名前であることに辿り着く。

「まぁ、座ってくれ」

無理矢理立たせたのは誰だ、とやはり理不尽に思いつつ腰を下ろす。

シャツにはすでに不可逆的な皺が刻まれており、一刻も早くシャツを交換したいと願いながら苦渋の面持ちの秋山が口を開くのを待った。

「確かに解剖の結果、死因は覚醒剤の過剰摂取によるショック死ということになっている。過去に薬物を常用していたのもその通りだ」

秋山は物憂《ものう》げな表情のまま兎束の手から書類を抜き取ると、なんの躊躇《ちゅうちょ》もなく、ゆっくりとそれを裂いた。二つに分けられた紙片を重ね、また中央から裂いていく。これをもう一度繰り返した。

ファイルはパソコンに入っている。また印刷すれば良い。

そう思って兎束はなにも言わなかったが、秋山のごつい指がどこか寂しそうに見えた。

「その女性と知り合いなんですか？」

「まあ、知り合いというか、彼女を保護したことがあるんだ」

興味を引いたのか、恵美が、ほう、と呟いて前屈《まえかが》みになった。

「俺がまだ組対にいたころに大規模な麻薬取引の情報を摑んでな、水面下で捜査をしていた。その過程で彼女——高島《たかしま》紗季と出会ったんだ」

秋山は口下手なのか、それとも特別な感情が言語を阻害《そがい》しているのか、話は支離滅裂と言えるものだったが、兎束は遮《さえぎ》ることなく耳を傾け、脳内で整理整頓をした。

秋山が追っていたのは、当時勢力を拡大していた鶴島会《つるしまかい》という暴力団で、覚醒剤の新たな入手先と取引をするところだった。その相手は日本への市場開拓を狙っていた中国系マフィアで、警視庁はその芽を摘むべく力を入れていた。

その取引現場を押さえるために末端から遡《さかのぼ》って内偵した際に紗季と出会う。

当時の紗季は十七歳にはとうてい思えなかったという。

「顔色、というか肌という肌の色はどす黒くてな、特に目だ」

秋山は自分の目のあたりを指先で撫《な》でた。

「なんというか、こう……まるで骸骨のようだった。目はばっくり窪《くぼ》んでいて充血し、虚ろな感じでな。ヤク中だってのはすぐにわかった。それで保護した」

「彼女は?」

「病院に送られたよ。魂がすっかり抜かれちまったようだった」

十四歳で家出をし、しばらくは繁華街で声をかけてきた男についていき、都内を転々としていたようだった。しかしある日、鶴島会の末端のチンピラと出会ってしまったことで、紗季の行き先は最悪な方向に向かうことになる。

麻薬に染められ、それを手に入れるために身体を売る。落ちるところまで落ちた。

秋山によって保護され、病院で治療を受けるも覚醒剤による認知機能障害があり、保護された時は、結局は流産したものの妊娠していたことにすら気づいていなかったという。

しかし治療の甲斐もあり紗季は医師を驚かすほどの回復をみせた。

記憶障害と適応障害が残っていたとはいえ、社会復帰は可能と診断され退院できることになった。

その間、両親とは連絡が取れず、また身元を引き受ける親族もいなかったため、秋山は幾度となく足を運んで目をかけてきた。

そして、社会復帰を目的とした施設に移って一年。八王子での仕事が決まり、ひとり暮らしをはじめたばかりだった。

「なるほど、秋山さんは彼女の社会復帰の支援をしてきたんですね?」

「まあ、そうだな。ほっとけなくてよ」

兎束は秋山の話を通して、高島紗季の翻弄《ほんろう》された人生を神妙に受け止めた。同情すべき点はあるし、彼女を守れなかった社会にも問題はあるだろう。

それでも言った。

「薬物乱用者の再犯率が高いのは、秋山さんもご存じだと思います」

また怒鳴り返されると思ったが、予想に反して寂しそうな声で返ってきた。

「急激な環境変化。知らない街でのひとり暮らし。人間関係の再構築。不安なことも多かっただろう。そういう人間が寂しさから再び麻薬に手を出してしまうことは確かに多い。だが、彼女は違う」

刑事が事件を通して出会う人間というのは、基本的に犯罪者、被害者とその家族、そして死体だ。事件を解決しても、傷ついた心や、亡くした人は帰ってこない。やるせなさを感じ、刑事部を離れる者も少なくない。

そんな刑事に喜びがあるとするなら、それは事件に関わってしまった者が更生し、真っ当な社会生活を営むことだ。その姿を見た時、刑事は自分の存在の意義を見いだせるのだ。

秋山が、紗季が再び薬物依存に陥っていたことを認めたくないのも、きっとそういうことなのではないか。

「秋山さんのお気持ちはわかりますが、論理的とはいえません。高島紗季さんがどのように麻薬を入手したのか、そのルートについては現在も四係が捜査していますので、そちらの報告を待ってください」

秋山は、その特徴的な大きな眼球を覆い隠すように瞼《まぶた》を閉じると、内ポケットから写真を取り出した。

「ピーポくん？」

デスクを乗り越える勢いで覗き込んだ恵美が言う。

警視庁のマスコットキャラクターで、写真に写っているのはボールペンだ。広報のため各種イベントで配布されることもあれば、警視庁の売店でも販売されている。

「これがどうかしたんですか？」

「紗季が握っていたんだ、これを。最期の瞬間までな」

説明を求めるように沈黙して待つと、またぼそりと言う。

「俺がやったものだ」

写真を再び手にした秋山は小さく鼻息を吐く。

「インクは切れていた。それでもずっと持っていたんだよ。なんてことないと思うかもしれないが、俺にはわかる。不安だらけでもな、未来に向かって進んでいることがなにより嬉《うれ》しいって言っていた。だから麻薬に手を染めることなんてしない」

「では、無理やり打たれたとでも？」

「それを調べてほしい」

兎束はこめかみを人差し指で掻きながら思案する。

「なんで僕なんですか」

「鷹の目を持つそうじゃねえか」

兎束は思わず俯《うつむ》いてしまう。

それは武蔵野署時代の先輩刑事につけられていたあだ名だ。女性だが鷹のような鋭い眼光で事件の全貌《ぜんぼう》を見通す。社交的とは言えない性格で指導も厳しかったから、単にいじめられているのではないかと思ったほどだが、事件解決能力の高さから一目をおかれていて、兎束もずいぶんと鍛えられた。

「鷹というよりウサギのお目々よね」

恵美が茶々《ちゃちゃ》を入れる。

所轄時代が懐かしくなった。そこでは自分はいつも新人扱いだったが、こんな後輩を迎えることなら下《した》っ端《ぱ》でよかった。

「勝手に動くことはできません。上を通していただかないと」

秋山のギョロ目には失望、もしくは悲哀の色が浮かんだが、無言で立ち上がった。

「わかった。上を通せばいいんだな」

それだけ言うと背を向け、あっけなく立ち去った。ただ部屋を出るまでに、椅子をふたつ、みっつと蹴飛ばしていった。


それから二時間ほどは何事もなかった。皺のないシャツに着替えた兎束は爽《さわ》やかな気持ちで書類と向き合っていた。

刑事の仕事の大半は書類作成だ。故《ゆえ》に、整った文章、最適な言葉選び、起こった出来事と関係者の証言を時系列通り、かつ端的に、そして論理的に記すことが刑事の評価につながる。

兎束は書き上げた書類をまとめ、机に落として角をぴったり合わせる。

しかし、福川大地《ふくかわだいち》捜査一課長が姿を見せた瞬間、おもわず瞑目《めいもく》した。

「兎束。調子はどうだ。もう慣れたか」

福川とは過去に事件捜査で何度か一緒になったことがある。理路整然とした事実に基づく捜査方針は力強く、頼りがいがあり、そして心地よかった。

新たな捜査班の立ち上げに際し、兎束を捜査一課に呼んでくれたのも福川だった。ただ、このタイミングで声をかけられるのはいやな予感しかしない。

「ひょっとして秋山警部補のことですか」

福川は大袈裟《おおげさ》に驚くふりをした。

「さすがだな、その洞察力」

福川は不敵に口角を歪《ゆが》めると、書類の束をデスクに置いた。八王子の案件であることはすぐにわかった。

「上からのお達しでな。どうやら秋山警部補は太いコネを持っているようだ。もしくは弱みを握っているのかな」

福川は苦笑する。

「八王子の件ですか」

「そうだ。事件の背景を探って欲しい。なにもなかったとしても、やれるだけのことをやったかどうかで、報告書の内容も変わってくるだろう」

「しかし、どうして私に」

福川は兎束の肩に、細いが重みのある手を置いた。

「埋もれた真実を掘り返したいとは思わないか?」

「なにかが埋もれているとお思いなのですか?」

背筋を伸ばした福川は、兎束を見下ろす。

「わからん」

だがな、と兎束の機先を制して続ける。

「刑事ってのは、無駄な仕事の上に成り立っている。無駄を恐れていては得られる真相も得られないぞ」

そう言われたら、ささやかな抵抗は潮時だった。

「木場班長には」

「すでに話してある。時期が時期だけにいい顔はされなかったがな」

木場班は新設されたばかりで、あと一名の配置を待っているところだった。まだ本格的に動く前に、部下が勝手なことをしているように見えれば、班長としての評価にも響くだろう。

木場は警視庁の採用案内に載りそうな端整な顔立ちで、刑事としての能力も高いと評判だった。兎束からは三期先輩にあたり、階級もひとつ上の警部補。それなのに、なぜか恵美に手懐《てなず》けられている感がある。

「良い経験になるから二人でやってみろ。もちろん困ったら木場に相談するといい」

二人で？

福川の視線を追って、恵美といっしょにやれと言っていることがわかって、思わず顔を伏せる。

「心配するな。四係には俺の方から話をしておく。彼らが追っているのはあくまでも覚醒剤の入手ルートで、お前らに調べてもらいたいのは、被害者がなぜ死ななければならなかったのかだ。じゃ、たのんだ。なにかあったら逐一《ちくいち》報告してくれ」

背中越しに手を掲げ、福川は去った。

テーブルの向こうでは、Yの字に揃えた手で両頬を支えた恵美が、細めた瞼の隙間《すきま》から諦《あきら》めの視線を送っていた。

「で、ウサギ巡査部長。なにから始めればいいですかー？」

部下であるはずの恵美に、どこか試されているような居心地の悪さを感じながら、兎束は書類を半分ほどすくい取って手渡した。

「まずは三十分で熟読を、今後の計画を立てます」

高島紗季は群馬県前橋市に生まれ、十四歳で家出するまでをそこで過ごしている。出生時の父親は敏夫《としお》、母親は好子《よしこ》。現在はそれぞれ五十一歳と四十八歳になっているはずだ。はずというのは、いずれも消息が不明だからだ。

敏夫は紗季が二歳の時に好子と離婚しており、十年ほど前に勤めを辞めてから納税の記録がない。兄は存命だが、敏夫とは連絡が取れないという。

好子に関しては離婚歴が四度あることが戸籍で確認できたが、こちらも所在が不明となっていた。

母親に引き取られた紗季には少なくとも四人の父親がいたわけで、それらの関係が長続きしていないことからも落ち着ける環境ではなかったのだろう。その後、紗季がどのような暮らしをしていたのか詳細はわかっていない。

紗季が家を出たのも、そのあたりが原因なのかもしれない。

恵美が資料に目を通しながらこめかみをボールペンの先で掻いた。

「しばらくはSNSを頼ってなんとかなっていたみたいだけど、渋谷でナンパされたのが運の尽きだったみたいですね。この男が鶴島会のチンピラだったと」

運の尽きという表現はどうかと思ったが、家出した若者の多くは自由と引き換えに大きなリスクを負う。

「その後は麻薬と売春に明け暮れ、秋山さんに補導されたのが三年後ということですね。今回の死亡事故は長い治療とリハビリを経て社会復帰した矢先のことだったと」

兎束は手渡された資料を受け取る。

「勤務していたのは西八王子駅から五分のところにある『スーパーほてい』で、仕事ぶりは真面目だったそうです。地味で特に親しくしていた人なんかはいなかったみたいですね。ところで麻薬って手軽に買える訳じゃないですよね。いったいどうやって？」

「そうでもないようですよ。特に経験者には街を歩いているだけで売人のほうから声をかけてくることもあるそうですから」

所轄時代、管轄だった吉祥寺駅周辺の繁華街やアーケードで麻薬の取り締まりをしたことを思い出した。

売人というと胡散《うさん》臭いイメージがあるが、その実、どこにでもいるような若者がバイト感覚で行っていることもあった。麻薬の誘惑が、身近に存在することを目の当たりにして憂《うれ》いたことも多々ある。

「売人とか、見る人が見ればわかっちゃうってことですか」

「ですね。あと麻薬を売る側はリストを持っていて、セールスをかけてくることもあります。高島さんはどうだったのか。まあ、入手ルートについては四係に任せましょう」

下手に他の縄張りに手を出すと睨まれる。せっかく本庁に引き上げてもらったのだから、実績を積み重ねたい。そのためにはチームワークが必要だ。

「そっかあ。せっかく更生しても、売人のほうから寄ってくるし、その気になればすぐに手に入っちゃうんですね」

兎束は頷《うなず》く。

「ですから麻薬を断ち切るには本人の強い意志だけじゃなく、周囲のサポートも必要なんです」

恵美はちいさく唸《うな》ってから、ぽそりと呟いた。

「じゃあ、この子もズルズルと？」

「少なくとも秋山さんはそう思っていないみたいですけどね」

「ぴょんはどう思うの？」

イラつきを抑えて、冷静に答える。

「まだわかりません。まずは現場に行ってみましょう」


JR八王子駅に降り立ったのは十五時を回った頃だった。空はまだ明るさを保っていたが、冷たい風が太陽のもたらす暖かさを吹き飛ばしていた。

兎束は時折襲ってくる風に何度も襟《えり》を閉めて対抗するが、恵美は暴れる髪を気にするそぶりも見せず、突風の合間をみはからって手櫛《てぐし》で整えている。

その公園は駅から徒歩五分ほどの距離にあった。覆い被さるビルの影によって暗く冷たい空気に満ちていたが、近隣住人の憩《いこ》いの場にもなっているのか、多くの人の姿があった。

ベンチに座り語らう老人たち。スマートフォンを前かがみで操作するサラリーマン。テイクアウトした牛丼をかきこむ男は呼び込みでもやっていそうな恰好《かっこう》だ。勤務前に腹ごしらえだろうか。

公園の中央に鎮座する、周囲五メートルほどの岩に目をやった。紗季が死亡した時にもたれかかっていたという。

岩を囲っていた規制線はすでに撤去されていたが、手向《たむ》けられたひと束のブーケが、辛《かろ》うじてここで人が亡くなったことを示していた。

それでも交友関係が少ないとされている紗季のために花を供える人がいると思うと、どこか救われるような気がした。

兎束はしゃがみ込み、両手を合わせた。恵美も倣《なら》う。

「こんなところで。寒かったでしょうに」

恵美が呟いた。

「そうですね。なにがあったのか。せめて監視カメラがあれば良かったのですが」

兎束は周囲を見渡した。

報告によると、公園付近の商店やビルに監視カメラがいくつかあったものの、公園内を捉えるものはなく、周辺のカメラにも紗季の姿はなかった。

死亡推定時刻から考えると、公共交通機関は動いていない。タクシー会社にも当たっているがいまのところ当てはまる客を乗せたという証言も得られていなかった。

「被害者の自宅はここから徒歩十分ほどのところでしたよね」

恵美は基礎情報を暗記しているのか、メモ帳を開くことなく頷いた。

「そう。浅川《あさかわ》の近く」

眉間に皺を寄せてあたりを窺《うかが》う兎束を見て、恵美が目を細める。

「うさぎくん、なにを考えている？」

「いえ。べつに」

「はい、出た出た。ミスター出し惜しみ」

「別に出し惜しんでいるわけではありません。言葉には責任を──」

「責任を持つべきだと思っているだけです──でしょ」

声が重なって恵美がしてやったりの表情を浮かべる。

「責任をとれなんて言ってないって。うさぎくんのひとことが、あたしの明晰《めいせき》な推理の呼び水になることだってあると思いますけど、ってことです」

いまの段階で確かなことはなにひとつない。ただ疑問はあった。

センパイなら『いい着眼点ね、兎束』と褒《ほ》めてくれるかもしれないが、いまは頼れる者はいない。恵美の『明晰な推理』が出てくるのを期待するわけではなかったが、投げかけてもいいだろうと思った。

「ここに来たのは、どっちだったのかな、と」

「どっちというと？」

恵美が小首を傾《かし》げた。

「つまり、自宅から出てきたあとなのか、それともどこからか帰る途中だったのか、ということです。死亡推定時刻の時間帯は電車は動いていませんから、駅に行くのは不自然。帰る途中だったとすると、自宅への道のりの途中にこの公園があることになります。スーパーも自宅も真逆ですから、南側、かつ徒歩圏内の場所からここに来たことになります。そして奇妙なのはなぜ裸足だったのか」

「確かに、靴が発見されたらその近くにいたってことになりますけど、まだ見つかっていないですよね」

「ええ、薬物乱用者であれば、説明できない異常行動をとっても不思議ではありませんが……」

ここで供えられたブーケに目を落とした。

「覚醒剤を過剰摂取した状態となると、そんなに遠くない場所で摂取したか、連れてこられたということになります」

「でも紗季さん家《ち》を捜索した時に、注射器とかパケが見つかっているから、部屋で打ったんじゃない？」

「そうなのですが、それらは今回使ったものかはわかりません。家からこの公園を結ぶと、延長線上にあるのは八王子駅です。しかしその時間には電車もバスもない。それならどこに行こうとしていたのか」

恵美が顔をしかめた。

「どっちにしても、なんか、いやな感じじゃね」

「まったくです。秋山さんの勘もあながち外れていないのかも」

秋山は単なる感情論だけで紗季の死に疑問を持ったわけではないのかもしれない。

兎束は『刑事の勘』というのは『あてずっぽう』を美化した言い方でしかなく、根拠のない推理を信じてはいなかった。すべては論理的に説明できるべきだ。

しかし、説明できないだけで、得られた断片的な情報の隙間を感じ取り、全体像を描けることがある。これはあてずっぽうではなく経験に裏打ちされた推理ともいえる。

もちろんそこには思い込みやバイアスが影響する可能性もあるが、少なくともそれは違和感として兎束の胸騒ぎを煽《あお》っていた。

「つまり、ぴょんさんは秋山さんと同じで、この死には不審な点があると？」

不審ではある。ただ、考えを口に出すのはまだ早いと思った。

「いまは麻薬の入手経路の解明と、交友関係を把握《はあく》することが重要だと思います」

そこにぴゅっと一陣の風が駆け抜けて公園の砂を巻き上げると、兎束の足元にあったブーケを吹き飛ばしてしまった。

地面を転がっていくブーケ……。

それを目で追っていた兎束は、高負荷の演算を押し付けられたコンピュータのようにフリーズしてしまう。

「うわっ、とってよ」

恵美が五メートルほど先を転がり続けるブーケを追いかけた。

「触んなっ！」

兎束は叫び、恵美の腕を掴んだ。

「ちょっと、なにすんのよ！　パワハラ！」

兎束は街路樹に引っかかったブーケを白手袋でつまみ上げると、周囲を見渡した。

「ちょっと、聞いてんの？　結構痛かったんですけど？」

兎束はまだ視線を泳がせていた。脳内ではさまざまな可能性を検証し続けていた。いまなにをするのがベストなのか。

「あーあ、そうですか、シカトですか」

兎束は背を向けた恵美の腕を掴んで引き戻す。

「痛っ！　また⁉　いったい――」

「スマホ！」

「は？」

「スマホでこの周辺を撮影してください！　ムービーで撮影しながら走り回って。ここにいる人たちの顔がわかるように、ぐるっと！　それとこれは証拠品袋に」

ブーケを預けると兎束は駅方面に向かって走りだした。

「ちょっと、どういうことよ！　意味わかんない！」

「あとで説明しますから！」

兎束は自らもスマホを取り出すと、街ゆく人の顔がわかるように動画撮影をしながら駅に向かって走った。

まずは京王線の八王子駅だ。船森公園のすぐ近くに駅に下りる階段がある。改札口まで下りてあたりを見渡す。そして再び階段を駆け上ると、今度はＪＲ八王子駅に向かった。

走りながらときどき振り返っては、駅に向かう人をカメラで捉える。何人かはあからさまに怪訝《けげん》な表情を浮かべるが、いまは構っていられなかった。時間との勝負だ。

帰宅時間が近いこともあってかＪＲ八王子駅へ続く連絡通路には行き交う人の姿が多かった。兎束はスマホを持つ手を高く掲げ、周囲を撮影した。

三分ほど周囲を歩き回りながらそんなことをしていると、背後から声をかけられた。

「あー、ちょっとすいません」

振り返ると警察官が二人立っていた。四十代半ばのベテランと、もうひとりはまだ若い。おそらく高卒で入庁し、警察学校を出たばかりなのだろう、まだ初々しい。

兎束はスマホを掲げた左腕をそのままに、右手を内ポケットに入れた。

「ちょっと、まず撮影はやめましょうか。苦情が来ているんですよ。顔を勝手に撮影されて気持ちが悪いって」

ベテラン警官は新人に任せることにしたようだ。やや後ろに下がって対応を見守っている。

「怪しいことをして申し訳ありませんが、決して怪しい者ではありません」

「いや、どうみても怪しいでしょ」

スマホを持った左手は突き上げたまま、右手を内ポケットに。客観的に見れば確かに怪しい。

兎束の右手の指先が、ようやく警察手帳を摑んだ。

「すいません、捜査一課の兎束といいます。これは捜査の一環でして」

「え、これが……ですか」

兎束はもういちど見渡し、ようやく腕を下ろした。

「お二人は八王子駅北口交番のかたですか？」

「ええ、その通りです」

「ちょうどよかった。私が調べているのは、一週間前に船森公園で亡くなった高島紗季さんのことについてなんです。その時はいらっしゃいましたか」

警官二人にはそれが意外だったようで、丸くした目を見合わせ、ベテラン警官が一歩前に出た。

「通報を受けて我々が急行しました。彼女は薬物依存症で、死因もそうだったと聞いていますが」

兎束は曖昧《あいまい》に頷く。

「いまも捜査されているというと……あ、密売ルートですか?」

「それも含めて洗い直しています。詳しくお話を伺ってもよろしいでしょうか」

駅ロータリーに面した交番に移動すると、兎束は二人の警察官から当時の様子を聞いた。

「報告書には目を通していますが、記録するまでもないと思って記していないことなどありませんか? 些細《ささい》なことでかまいませんので」

「いやぁ、これといって特には」

新人が茶を出した。ふうっと息を吹いて冷ますような素振《そぶ》りを見せてから一旦湯呑みを置き、手帳を広げる。

「亡くなった高島さんの所持品リストには携帯電話がありませんでしたが、それについてはなにかご存じですか」

ベテラン警官は首を横に振る。

「いえ。気づきませんでした」

二人は現場に到着後、すぐに現場保全に努めた。深夜で人通りがなかったことが幸いして野次馬も少なく、特に問題は起きなかったという。

「となると、公園に着いた時には持っていなかったと考えられる訳ですが、勤務先には電話番号が提出されていたので所持はしていたはずです。自宅にもない、となるとどこかで落としたということになりますすね」

「しかし、拾得物の届け出もいまのところありません」

携帯電話を見れば交友関係やその人となりがわかると期待したのだが、いままで出てきていないということは、今後も見つからないのではないかと兎束は眉間《みけん》に皺を寄せる。それにもし紗季が携帯電話を持っていたら119に連絡できたかもしれない。いや、自身が覚醒剤を使用していることの発覚を恐れて躊躇しただろうか。それともこんな時に助けてもらえるような関係の人はいなかったのだろうか。

「あの」

兎束が刑事だと知ってから声を聞かなくなっていた新人警官が意を決するように口を開いた。

「彼女、ピーポくんを握っていましたが、あれはどういう意味なんでしょうか」

やはり警察官としてそこは気になるのだろう。

「詳しいことはわかりませんが、インクが切れていたことからも、彼女にとっては文房具以上の意味を持っていたのかもしれません。たとえば、お守りといいますか」

その警官は神妙な顔つきになった。

「お守りですか……。でもわれわれは守ってあげられなかったんですね」

そうだな、とベテラン警官が静かに同意した。

兎束も同意の頷きをしてから、言い聞かせるように話した。

「これからも忙しい日が続きますし、時として迷うこともあるかもしれませんが、その気持ちをどうか忘れないでください。彼女に報いることになるかもしれませんから」

かつてセンパイから言われたことだった。

そうですよね、と呟きが返ってきた。

恵美にもこういった純粋さがあれば……と思ったところでハッとした。

「あ……それでは、ありがとうございました。失礼します」

兎束は飛び出しかけたが、ドアを摑んで自分の体を引き戻す。

「すいませんが、ひとつ頼まれていただけないでしょうか」

用件を伝えると、兎束は慌てて船森公園に向かった。放置していた恵美がどんな態度をとるのか容易に想像することができた。

恵美はベンチにいた。組んだ足に肘《ひじ》を置き、顎《あご》を支えている。

「毛利さん、お待たせしました」

恵美は目を薄く閉じ、彫刻像のように反応を示さない。

「あの……毛利……さん？」

目が開いた。兎束を一瞥《いちべつ》し、ふわりと笑って見せる。

「なにか？」

声は聞く者を凍らせるほどの冷たさだった。

「すいません、ちょっといろいろと調べたいことがあって――」

「そんなのいいんで。説明してください」

間違いなく怒っている。こういう場合、女心などなにも気づかない鈍感な男を演じたほうが最適であることを、これまでの付き合いから学んでいた。

兎束は公園中央に鎮座する岩を振り返った。

「あそこにブーケが供えてありましたが、私たちが来てしばらくして風で飛ばされました」

「つまり？」

「今日は風が強かったです。駅からここに来るまでの間もそうでした」

「それが？　あたしを走り回らせた挙句にこの寒空の下、長時間待たせる理由だったわけですね」

ため息をひとつ挟む。

「つまり、私たちがきた時にブーケがそこにあったということは、そのブーケが置かれてから時間が経っていないということなんです」

恵美の片眉が持ち上がった。

「ブーケを置いた人がまだ近くにいると思って撮影させたってこと？」

「その通りです」

「でもなんで？」

「報告書によると、亡くなった高島紗季さんは交友関係が極端に狭い状況でした。勤務先でも友人と言える人はいません。だから、我々が知らない交友関係を持つ人がいるなら、詳しいことが聞けるんじゃないかと」

「でも仕事先の人が置いただけかもしれないでしょ。友人じゃなくても同じ職場の人が亡くなったら花くらい手向けても不思議じゃない」

「そうなんです。だから――」

兎束の胸ポケットの中でスマートフォンが振動した。人差し指を恵美に向けて『ちょっと待って』とサインを出すと、通話ボタンを押した。

「はい、はい。なるほど。ありがとうございます」

電話を切るなり恵美が説明を求める目を向ける。

「いまのは八王子駅北口交番の警察官です。さっきお願いしていたことがあるんです」

「まさか、スーパーに電話したとか？」

このへんの頭の回転の速さはたいしたものだと思う。

「その通りです。この時間にスーパーにいない人たちに連絡をとってもらいました。そしたら、やはり誰も花を手向けていないということでした」

「でも、そんなにこの花の贈り主が重要なんですか？」

「わかりません」

「でた」

「ほんとにわかりません。いままでなかった情報ですから、調べてみないと重要性がわからないんです」

兎束は公園を見渡す。遊具の周りには子供を連れた母親が三人、話に花を咲かせている老夫婦……。

「とりあえず、この場にいる人に、ブーケを置いた人を見ていないか話を聞きましょう」

「いませんでしたよ」

「え？」

「あたしが聞いておきました」

「え？　毛利さんが？　なんで？」

「馬鹿にしてます？　木偶《でく》の坊《ぼう》だとでも？」

恵美は心外である、との意思表示を隠すことなく立ち上がると背伸びをした。

「ブーケを証拠品のように扱っていましたからね。これを持ってきた人物に興味があるんだろうなと。それに待たされてる間、暇だったし」

性格も態度も悪いが、ひょっとして優秀な刑事なのだろうか。

「なにその顔、能力を疑ってるみたい。まったく失礼ね」

「すいません」

「認めるな」

「それで、どうでした？」

「一番長い時間ここにいたのは、あそこのママさん三人組。だけど岩の死角になっているし、子供を見ていないといけないので、気づかなかったと」

兎束はブーケが置いてあったところが見える位置にいる人物を探した。するとその視線を読み取って恵美が答える。

「あそこの老夫婦は私たちより数分早く来たみたいだけど、その時にはもうあったらしい。なんだろうねーって思ったくらいで」

「じゃあ、誰もこのブーケを供えた人を見ていないんですね」

「ということになりますね」

兎束は鼻息を吐き、駅方面に目をやる。

「花屋を回ってみましょう。近くで買ってから来たかもしれないから」

その花屋は駅に隣接した商業施設にあった。一坪ほどの小さな店舗で、男性店長がひとりで対応していた。

「うちのブーケですよ。ほら、ここに並んでいるのと同じでしょ」

示された棚には確かに同じものがあった。

「今日はどのくらい売れたのでしょう」

「そうねえ、三つくらいかな」

「ここ一時間くらいの間はどうですか」

「ああ、ひとつ売れたね」

「その方の支払いは」

「現金だったよ」

残念でしたね、と恵美が同情の視線を向ける。

カードなら氏名がわかったのだが、まだ手はある。

「ちなみに防犯カメラはありますか」

「ここ？　いや、ここにはないよ。でも駅が近いからさ、あちらこちらにはあるんだろうけど」

「ちなみに男性ですか女性ですか？　あとは服装など覚えていらっしゃいますか？　年齢、髪型などなんでも構いません」

店主は面倒になったのか顔を顰《しか》めたものの、他に客がいるわけでもなく、手にしていた鋏《はさみ》を置いて腕を組んだ。

「三十代後半の髪が長めの女性で、白っぽい服だった。でも俺は詳しくないからブランドとかはわからないよ。あとジーンズを穿《は》いていた気がする」

「持ち物はどうでした？　バッグとか」

「ああ、茶色のトートバッグを肩に下げてたかな」

兎束はメモに書き写した内容が合っているか復唱し、礼を言ってその場を辞した。

「三十代後半の女性で、花を手向ける関係……友人じゃないなら誰だろう」

恵美の呟きに兎束は慎重に答える。

「人間関係はさまざまですから、まだなんとも言えません。でも、少なくとも花を供えるような関係ですから、何回か会って話したことがある人物とはいえそうですよね」

「あたしはうさぎさんが死んでも花を供えようとは思いませんけどね。で、これからどうします？」

さらっと毒を吐かれたが、その毒にふれるのもいやだったので兎束は聞き流した。

「彼女の部屋に行ってみましょう。暮らしぶりを調べたら、そのあたりのこともわかるかもしれません」

高島紗季の自宅は築四十年のアパートの二階で、家賃は四万五千円。ドアを開けると狭い沓脱《くつぬぎ》があり、そのすぐ左手にキッチン、引き戸の奥に六畳ほどの部屋があった。

「彼女、潔癖症だったのかしら」

恵美が綺麗に片づいた部屋を眺めながら言った。

確かによく整理整頓されていた。

死因が覚醒剤によるものだったため家宅捜索もされているが、報告書に添付されていた捜索前の写真でもふだんから整理整頓されていたことがわかっていた。

また、それといまの状況を照らし合わせれば、捜査員たちは無闇に荒らすことなく、捜索後にできるだけ元の状態に戻したことがわかる。

「ぴょんの部屋も片づいてそう。今度、部屋を見せてくださいよ」

「お断りします」

恵美は欧米人のように、感情は表現してこそ至高とばかりに唇《くちびる》を尖《とが》らせてみせた。

「お家はどこでしたっけ？」

「蒲田《かまた》ですけど」

異動に合わせて、慣れ親しんだ吉祥寺を離れ、引っ越してきた。

「下町なんですね、あたしは豊洲《とよす》のタワマン」

彼女の親は資産家らしいが、呼吸をするようにマウントを取ろうとするのに辟易《へきえき》とする。

それに、蒲田のどこが悪い。

恵美にそんなつもりはそもそもなかったのか、ゆっくりと部屋を見渡した。

「なんか、薬物乱用者の部屋って感じじゃないかも。もっと荒れた生活をしてるってイメージだったけど」

「それは同感ですね。薬物依存症になると衣食住に対する意識は後回しになるケースが多いですからね」

それから、紗季の人となりを示すものがないか、しばらく捜索して回った。

「なんか質素ですね。趣味とかなかったのかな」

スーパーの給与は手取りで十五万円ほどだったという。贅沢《ぜいたく》は決してできないだろうと思っていたが、実際の暮らしぶりもそれを示していた。

家具類の多くは支援団体から提供された中古品だと聞いているし、それ以外に同世代の女性が揃えているであろうものも見当たらなかった。

「毛利さん、化粧品とかアクセサリーとかを見て高価なものはありませんか」

「ないですねー。みんな安物だし、これなんて百均に並んでるやつ」

化粧品のひとつをつまみ上げて見せた。

「それにメイクっていっても、最低限ね。たぶん普段から化粧をする習慣はなかったのかも」

検視報告書によると、身につけていたアクセサリーはくすんだ飾り気のないシルバーの指輪を中指にしていただけで、ピアスやネックレスなどはしていなかった。

覚醒剤で人生を壊しすべてを失った……部屋はその飾り気のないモノクロの日常を象徴しているようにも思えた。

兎束は三段のパイプラックにあったプラスチック製の半透明の箱に目をとめた。その中には束ねられたレシートとお薬手帳が入っていた。

様々なレシートが種類別に分けられ、クリップで留められている。

「収支はしっかり管理していたようですね。これは預からせてもらいましょう」

「なんでです？」

「覚醒剤を買う余裕があったのかどうか。それを確認します」

「でも、麻薬のために身体を売ったってこともあるでしょ？　そういうのは領収書もないし、薬物を買ったとして売人名義のレシートでもあれば別ですけど」

いやな言い方をするなと思いながらも、それは否定できない。

「解剖鑑定書では覚醒剤を常用していたわけではないということでしたから、なんらかの理由で再びクスリに手を出してしまい、その一回でショック状態になってしまったと考えられています。なにが起こったのかはわかりませんが生活ぶりを推し量ることはできるかもしれません」

一旦、本庁に戻ることにした兎束は八王子駅から電車に乗った。

それまでは冷たい風に身を硬くしていたが、車内は暖房が効いていて、コートを脱いでいても汗ばむほどだった。

兎束と恵美は連結部近くの三人掛けの席に並んで座り、それぞれのスマートフォンで動画を見返していた。ブーケを買った人物像と当てはまる人が映り込んでいないか探しているのだ。

しかし、しばらくして恵美がため息をつきながら頭を大きくそらせた。

「だめ、酔いそう」

揺れる車内で小さな画面を見つめていたせいだろう。人混み——顔、後頭部などで画面がびっしり埋まっているのを注視するのは集団恐怖症でなくても気分は悪くなる。

気は焦るが、腰を据《す》えて調べたほうが良さそうだ。

八王子駅から警視庁のある桜田門駅までは、JR中央線特別快速に乗れば一時間ほどの距離だ。ただ、吉祥寺駅は通過する。体を捻《ひね》り、かつて走り回った街並みをぼんやりと見下ろした。すでに懐かしく、ホームシックに似た感情になるが、立派になってセンパイと再会するのだと、気を引き締めた。

本庁に戻った兎束は恵美とお互いの動画ファイルを持ち寄り、会議室の大画面のディスプレイに接続して再生を始めた。

白っぽい服に茶色のトートバッグを持った三十代後半の髪が長めの女。

たとえこの中に映っていたとしても、これだけの情報では特定するのは困難だった。

「いないかぁ」

再生を終え、恵美が目頭《めがしら》をつまみながら呟いた。

「花を供えたあと駅に向かったとも限りませんし、すでに電車に乗ってしまったあとなのかもしれません」

徒労感に襲われながら、兎束は紗季の部屋から回収したレシートをテーブルに並べた。

「さっきも見たじゃないですか」

「なにか、見落としている気が……」

レシートはコンビニやスーパーなどで購入したものが日付順にならんでいた。支援団体は、社会復帰するにあたり収支をしっかり管理することを薦《すす》めていたらしく、紗季は愚直にも従っていたようだ。

兎束は購入したものを一つひとつ精査し、そこから生活ぶりを思い描こうとした。これはひとりの女性が日々を生きた足跡なのだ。

紗季は、自炊はほとんどせず、弁当などで済ませていることが多かった。酒類も買わずにペットボトルのウーロン茶が時々レシートの一行に載るくらいだった。それに対して菓子類は多い傾向にあるようだ。

つまりチョコレートが好きなだけの、普通の女性としか見えてこない。

それから死亡時の所持品リストに目を移し、ふと手を止めた。

「あれ、ない」

「なにがです？」

天井を向きながら缶コーヒーの最後の一滴を喉に落とし込んだ恵美がため息ついでのように聞いた。

兎束はもう一度確認する。

「所持品の一覧には喘息薬《ぜんそく》があります」

「ああ、サルタノールですよね。喘息持ちにとっては一般的なものです。あたしの妹がそうなんで」

「確か、この薬は医師の処方箋がないと買えないんですよね？」

「ええ、乱用すると心臓に負担がかかるんで」

もう一度レシートを確認する。

「ですがレシートを見ても呼吸器内科に行った形跡はありません。たとえば耳鼻科で花粉症の診察を受けた時や、薬局で頭痛薬をもらった時などのレシートはしっかり残されているのに。あと、お薬手帳にも記録がない」

恵美がのぞき込む。

「喘息なら症状の有無にかかわらず継続的に通院してるはずです。一枚もないというのは確かに妙ですね」

「ええ、ならばこの喘息薬はどこから来たのかという話になります」

サルタノールと記載された箇所を人差し指で叩いた。

「紗季さんは喘息だったのか、それならどうして領収書がないのか。もしそうじゃないなら……なんで持っていたのか。そして誰のものなのか。あ、ブーケを手向けた謎のお友達かもしれない……と？」

「いまは他に交友関係が見えませんからね、可能性はあるでしょう」

恵美がはっと顔を上げた。

「確か、喘息薬にはシリアルナンバーがあるはずです。そこから辿れるかもしれないです」

「それ、追いかけてみる価値はありそうですね」

どこの薬局に卸され、そして誰の処方箋に対して使われたのかが掴めるはずだ。

2

翌日、兎束は紗季が所持していた喘息薬のシリアルナンバーを製薬会社に問い合わせた。追跡には時間がかかると言われていたが、三十分ほどで意外な答えがかえってきた。

「製薬会社から……製薬会社に？」

恵美が首をかしげる。

「ええ、富嶽《ふがく》製薬。ジェネリックを主とした業界では中堅の企業ですね。研究の一環で三か月前に納品された一ダースのなかのひとつだそうです」

回答してきたファックスを手渡す。

「話を聞きに行きます？」

恵美が視線を上げた時、兎束はすでにジャケットに袖を通していた。

「稲城《いなぎ》か。車でいきましょう」

兎束は袖机の一番下の引き出しからポリエステル製の小物入れを引っ張り出した。

「またそれですか。あたしが運転しますよ」

「いえ、それには及びません」

「及びますって。だって十分くらいかかるじゃないですか」

恵美が呆《あき》れ顔で目をやる兎束の小物入れの中には、アルコール除菌のウエットティッシュと消臭剤、小型のブラシと充電式のイオン発生器が入っている。

捜査車両は幹部を除いて持ち回りで使っている。しかしあとで使う者のことを考えていないケースが多々あり、中には禁止されている喫煙をする者までいる。

兎束はそれが許せなかった。

不衛生な者が触れたものに触れなければならないことに屈辱《くつじょく》すら感じるし、そんな輩が過ごした空間の空気すら吸い込みたくなかった。

だから毎回、車内を徹底的に清掃するのだ。

今日の車は……外れだった。

張り込みに使ったのかゴミが散乱し、シートの縫い目に沿ってパンくずが埋まっている。

警察官としての節度はないのか。

「終わりました？」

頃合いを見計らって、恵美が呆れ顔で聞く。

「はい、お待たせしました。いきましょう」

「なんかね、息が詰まるのよね。あたしまでバイ菌扱いされているような気になることもあります」

恵美の場合は、その言動こそが精神衛生上好ましくないのだが、それは言わないでおいた。

富嶽製薬の東京本社は稲城市にあり、想像していたよりもこぢんまりとした社屋だった。

「工場が富山と静岡にありまして、それなりの規模をもっております。ここはオペレーションだけなんですよ」

受付ロビーで出迎えた担当者はそう言いながら、壁に掲げられた工場のパネル写真を指で示した。

それから二階の商談ルームに案内すると、ペットボトルの水をひとくち含んだ。

「ええっと、弊社が購入した喘息薬の件と伺っていますが」

「はい、こちらのシリアルナンバーのものをメーカーから購入されていると聞いておりますが」

担当者は老眼鏡をかけると、紗季が所持していたサルタノール吸引薬の写真を一瞥した。

「ええ、研究目的などで既存の薬品を購入することがあります。これもその一部だと思います」

「ちなみに、こちらのシリアルナンバーのものが、最終的にどなたに渡ったかおわかりでしょうか」

「ええ、薬の使用については申請が必要なので。ちょっとお待ちを」

担当者はラップトップコンピュータを操作し、程なくして言った。

「城《じょう》央《おう》薬《やっ》科《か》大《だい》の滝本《たきもと》先生ですね」

兎束は恵美と目線を合わせる。

「滝本先生は女性の方でしょうか」

「ええ、滝本麻美《あさみ》先生です。申請されたのは二か月ほど前で、当時は弊社と共同研究されていて、こちらに詰めていらっしゃったようです」

聞くところによると、各大学や他社と共同研究などを行うケースがあるようだった。

その滝本麻美という人物が手に入れたはずの喘息薬が、紗季の手に渡っている。理由は定かではないが、はじめて紗季のコネクションに広がりを見た思いだった。

「滝本先生とお会いできますか？」

「いまは共同研究は終了していますので、大学に戻られていると思いますよ。変わっていなければ国立《くにたち》市のキャンパスだったはずです」

城央薬科大学は国立市にある中規模だが歴史のある大学で、苔《こけ》むした石壁の校舎がそれを感じさせた。

滝本の研究室は最近増築された棟にあり、まるでワンルームマンションのような趣《おもむき》だった。二階に上がると、五十メートルほどの長い廊下に規則正しい間隔でドアが並んでいる。

『225滝本教室』との表示を確認しノックをする。どうぞと女性の声が聞こえるのを待って、ドアを開けた。

鰻の寝床のような細長い部屋で、壁全体が書籍で埋め尽くされていた。突き当たりの中庭に面した窓に向かって座っていた女が振り返るのに十秒ほど待った。

来訪者は学生だと思っていたのか、怪訝そうに目を細めたのが黒縁のメガネの奥に見えた。

「お忙しいところ失礼いたします。警視庁捜査一課の兎束と申します。こちらは同じく毛利です。滝本先生でいらっしゃいますか」

「はい……警察の方が、どのようなご用件で……？」

訝《いぶか》しみの表情を浮かべたまま立ち上がった。

警察官と話す時になんの心あたりもないのに緊張してしまう人は一定数いるが、兎束の経験上、麻美の表情はそれとは違うものだった。

心当たりがあり、気取《けど》られないように警戒している時の顔だ。

「高島紗季さんという女性をご存じでしょうか」

麻美は考える素振りも見せずに首を横に振った。

「いえ、知りません」

「では、船森公園に行かれたことは？」

「ありません」

あらかじめそれらの質問を予想していたかのような素早い回答で、船森公園がどこにある公園なのかも聞かなかった。

「いったいなにをお調べなのですか?」

兎束は小さく咳払いをしてから状況を説明した。

「いまから一週間前の未明のことですが、八王子駅近くにある船森公園というところでひとりの女性が亡くなりました。その方の所持品の中に喘息薬がありまして、そのシリアルナンバーを調べたところ、富嶽製薬にてあなたが受け取られたものであることがわかりました。それで亡くなった女性とお知り合いだったのではないかと伺ったわけです」

「喘息薬ですか……」

予想外だったのか、視線がしばらく泳いだ。

「たぶん……どこかに落としてしまったのではないかと」

「落とされた?」

「ええ、よくあるんです」

そこではっと息を呑む素振りをした。

「やだ、今日も忘れてる……すいません、こんな感じで。私の場合、そこまで強い発作は出なくて時々使うだけなので、こうして忘れてしまうことがあるんです」

「では、あなたが失《な》くされた喘息薬をその女性が拾ったと」

「だと思います」

ちらりと恵美を窺うと、兎束と同じ印象を持っているようだった。

つまり、滝本麻美は偽証をしている。

だがどんなに不自然であっても、それを覆すだけの情報を兎束はもっていなかった。

なぜ知り合いであることを隠そうとするのか、その理由がわからない。まさか、その死に関わっているのか……？

慎重に捜査したほうがいいだろう。

「わかりました。それでは念のため名刺をお渡しいたしますので、なにかありましたらご連絡いただけますか」

麻美は手渡された名刺を拒否することは不自然との考えに至ったのか、ややあってから丁寧に受け取った。

車に乗り込むとすぐに、恵美はスマートフォンを凝視し始めた。

「小さな画面を見たら酔うんじゃなかったんですか」

「気になることがあるの。話しかけないでください」

開いた口が塞《ふさ》がらないという体験は、恵美と出会ってから数え切れないほどしてきている。

兎束はそれ以上関わるまいと思いながら車を走らせた。なんにせよ恵美が集中してくれている間は兎束もゆっくりと考え事をする時間がある。

目下の疑問は三つ。まず喘息での通院歴がないはずの紗季が喘息薬を所持していたこと。

次にその喘息薬を渡したと思われる麻美が紗季との関わりを隠そうとしていること。そして、紗季が覚醒剤を入手した経緯だ。

これらは関係があるのだろうか。

「いたっ！」

突然、恵美が叫び声を上げ、枝だけの桜並木の道を走らせていた兎束は危うく急ブレーキをかけるところだった。

「ちょっと、なんなんですか！」

「いいから、そこっ！　止めて！」

百メートル先に見えたコンビニの駐車場に車を滑り込ませるやいなや、恵美がスマートフォンを眼前に押し付けてきた。

「ここ、見てください。この人」

近すぎて見えなかったので、そのスマホを受け取り、ディスプレイに目を落とす。それは八王子駅で兎束が撮影した動画だった。

「ここにいる女の人、滝本麻美です」

指を差した人物、駅改札に向かう通路の映像だったため多くの人が折り重なっていたが、半身ではあるが頭から爪先までを確認できる瞬間が映っていた。

しかし花屋の証言にあった白っぽい服ではない。

そのことを問う前に恵美が説明する。

「さっき研究室に行った時に、このエルメスのコートが掛かっていたんです。これ今年の春の新作だから」

兎束には判別がつかないが、肩から腰にかけてのラインに特徴があるらしい。

「しかし大量生産されているものですし、似たようなものを着る人は他にいておかしくないのでは？」

「じゃあ、ぴょん。ちょっと聞くけど、この動画の中に『似たようなものを着てる人』は何人いる？」

そう言われると、確かに他にはいない。

「あの日、電車の中にいる時はポカポカ陽気で暖かかったけど、外に出たら風ビュービューで寒かったじゃないですか」

「改札を出て花を買うまではコートを脱いでいたというわけですか」

「ですです。んで、公園から帰る時はコートを着てた」

「横顔ですし、解像度も悪いし、はっきりとは断定できませんよ」

憮然《ぶぜん》とした表情を浮かべる恵美に兎束は言った。

「でも時間は特定できましたから、駅や商店の防犯カメラ映像を取り寄せて検証してみましょう」

普段はストレスの素でしかない関係だが、違う目線を持っていることが助けになることもある。

ただ、鼻息を荒くして「褒めろ」と言いたげな顔に辟易《へきえき》としながら、兎束は車をスタートさせた。


果たして、恵美の読みは当たっていた。

駅改札に設けられたカメラ映像から、件《くだん》の女が改札を通過する際に使用したICカードを特定し、情報照会した結果、滝本麻美であることが判明した。

会議室の大型モニターに、その時の映像が映っていて、班長の木場も見ている。

「ちょっと戻してくれますか」

木場が言い、兎束は二秒ほど遡って、一コマずつ時間を進めていく。

ミュージシャン崩れのような、革ジャンに長髪の中年男が通過したあとに滝本がICカードをタッチし、改札を通過。その際に、急ぎ足であとに続いた坊主頭の男の足が接触したのか、怪訝そうに体を後ろに捻った。ここで映像を止めた。コートが捲《まく》れ、その下の服装が見えた。

「花屋店主の証言通りです。白っぽい服にジーンズ。それと茶色のトートバッグです」

つまり麻美は兎束らと同時刻に八王子にいたのだ。そしてその理由は紗季に花を手向けた

とし か説明できない。

「つまり、嘘をついたってことよね！」

恵美の鼻息が荒くなった。机を叩いて立ち上がり、すぐにでも大学におしかけそうな勢いだった。

木場が、まあ落ち着け、と言わんばかりに缶コーヒーを差し出すが、恵美はそれを睨むだけで飲もうとしない。

「すいません、班の体制が整わないうちに妙な案件を振ってしまって」

木場は班を率いるのがはじめてのせいだからか、兎束に対しても腰が低い。これまで所轄ではセンパイから刑事のイロハを厳しく叩き込まれてきたせいか、その穏やかな姿勢に肩透かしを受けたが、逆に刑事としての力量を試されているような気もしていた。

「いえ、とんでもないです」

「有能という触れ込みのウサギくんには物足りないんじゃないですかね」

恵美が煽ってくるが、なぜか木場が申し訳ないと言いたげな顔をする。

「それで、滝本麻美という人物はどうですか。本件と関係ありそうですか」

兎束は一連の報告をし、木場はそのひとことひとことに頷く。

「なんらかの理由で、滝本麻美は高島紗季との関わりを知られたくないと思っているようです。彼女の死因。つまり麻薬についてなにか知っている可能性も否定できません」

「実際に関わりがあるかもしれないじゃないですか」

恵美は木場が差し入れた缶コーヒーを木場に差し戻しながら言った。木場はプルタブを起こしてまた恵美に渡す。本当かどうかわからないが爪が痛いからとかなんとか。缶コーヒーを差し入れるなら責任持ちなさい、と暗に言っているようだ。

刑事としては信頼できる上司ではある木場だが、僭越《せんえつ》ながら将来が心配になる。

「だからそれを調べようとしているわけです。次に会う時にははぐらかされないように、情報を固めておきましょう」

兎束らは麻美の経歴を丹念に調べはじめた。

しかし薬科大学で研究一筋の麻美と、スーパーの店員の紗季がどう結びつくのかがわからない。

三十分ほど経った時、木場がラップトップコンピュータをくるりと回し、ディスプレイを兎束に向けた。

「思っていたのとは違いますが、麻薬がらみであることは間違いないみたいですよ」

えっ、と兎束と恵美の声が重なった。

表示されていたのは麻美の経歴書だった。実績の項目は英語やドイツ語が羅列《られつ》されている。

兎束は説明を求めるように顔を上げた。

「ここです。滝本准教授の研究テーマについてですが、アンチナルコシュチャーインフシュトフと書いてあります」

指で当該箇所を示されても、Anti Narkotischer Impfstoff と書かれた文字列がそれであることが、すぐには判別できなかった。

「班長はドイツ語もできるんですか」

「簡単な言葉だけですけどね」

決して簡単な言葉ではない。

「それでどういう意味なんですか？」

「直訳すると『抗麻薬ワクチン』ですね」

麻薬という言葉に思わず背筋が伸びる。

「抗麻薬ワクチン？　聞いたことがないですが。どういうものなんです？」

「ええっと……」

木場は文章を指でなぞる。

「覚醒剤の禁断症状および再犯を抑えるものと説明されていますが、すいません、詳細はよくわかりません。医学用語が多くて」

抗麻薬ワクチンの研究者が麻薬の過剰摂取で死んだ女と関係がある？

皆が顔を見合わせ、それぞれがいやな予感を抱いていることを隠せなかった。

「やはり、本人に聞くしかないですね」

3

翌朝、再び城央薬科大に向かう車内で、堪《こら》えきれなくなったように恵美が捲し立てた。

「きっと滝本麻美は自分の研究で、高島紗季を実験台にしたんですよ！　ちょっとばかし良心が痛んで花を供えに行ったのが運の尽きです！　やっさんが言っていたことの裏付けになるじゃないですか」

「しかし高島紗季の死因は覚醒剤であって、抗麻薬ワクチンではないですよ」

「そのワクチンとやらの成分が覚醒剤と同じかもしれないじゃないですか」

「成分が同じってことは、それは覚醒剤ってことですよ」

「なにを訳のわからないことを言ってるんですか！」

それはこちらのセリフだと兎束はため息をついた。

ただ、抗麻薬ワクチンの詳細、そして麻美と紗季の関わりがはっきりしないことには恵美の意見を否定することはできない。

大学の駐車場に車を滑り込ませ、麻美の研究室に向かう、その足が自然と速くなった。

ノックするが反応がない。ドアノブを引いてみようと白手袋を探して胸ポケットに手を入れるが、まどろっこしさに絶えかねた恵美が横から手を伸ばしてドアノブを乱暴に引っぱった。

「いないですね。講義にでも出てるんですかね？」

手首を捻って時刻を確認する。午前九時十五分。准教授という職業にとって早いのか遅いのかわからなかった。

手袋を再びポケットに戻しながら兎束は答える。

「かもしれません。総務を訪ねてみましょう」

総務は本校舎の一階にあり、受付で滝本麻美の所在を確認すると、対応した事務員の中年女性は申し訳なさそうに頭を下げた。

「滝本准教授は昨日の午後、体調不良で早退いたしまして、本日も休みをいただいております」

「ご本人から連絡が？」

「ええ、少し前ですが。あの、それで、警察の方がどういったご用件で……」

上目遣いに兎束と恵美に視線を走らせる。好奇の光を感じながら兎束は笑みを返した。

「いま調査していることに先生の見識をお貸しいただきたかったのですが、また日を改めます」

下手に噂が立たないように、早々に退散した。

「逃げたな」

廊下を歩きながら、恵美が悪態をついた。

「本当に体調不良なのかもしれませんよ」

「どうしてぴょんはそんなに楽天的なんですか」

「あらゆる可能性は、否定される証拠が見つかるまで残り続けます」

「そんなこといいながら、ちゃっかり自宅の住所まで聞いてきたくせに」

総務で報告書に必要だからと聞いておいたのだった。

さっそく携帯電話に架電《かでん》してみたが呼び出し音は鳴るものの応答はなかった。

「当日欠勤のうえに携帯電話にも反応がありません。ひとり暮らしだということですし――念のためですよ」

そういって麻美の自宅に足を向けた。


麻美の自宅は調布《ちょうふ》駅から徒歩五分ほどの場所にあった。

単身者向けの七階建てのマンションで、築年数はさほど経っておらず、恵美がスマートフォンで調べたところ平均的な間取りは五十㎡で家賃は十二万円らしかった。

麻美の部屋がある六階に向かい、呼び鈴を鳴らすが反応がない。三分の間に十回ほど鳴らしたが変化はなかった。

「家宅捜索が必要では？」

恵美が鼻息荒く言う。

「令状もなく？」

兎束が言うと、邪《よこしま》な顔が返ってくる。

「連絡が取れないから生存の確認をするという名目です」

「連絡が取れないって言ってもたった一日ですよね」

「その一日が大事になることだってありますよね。前日体調不良で早退していることから、発作でも起こして中で倒れている可能性もあります。この一瞬の躊躇が命にかかわるかもしれません」

「そうはいっても、まずはご家族や親しい間柄の人から連絡してもらい、管理人に同席してもらって――」

かたん、と部屋の中から音がした。続いてチェーンが外れ、ドアの隙間から麻美の顔がのぞいた。ちゃんと化粧をしていて、具合が悪そうには見えなかった。

「滝本さん、よかった。警視庁の兎束です」

麻美はドアを押し広げると、左右を素早く窺った。

「どうぞ、中へ」

他の人には見られたくないような、そんな雰囲気だった。

「お邪魔します」

兎束に続いて恵美が入ると、麻美は一秒でも早くドアを閉めなければというように手を伸ばした。

ロックをし、チェーンをかける。ここで安堵《あんど》したかのようにため息をついた。

「こちらへ」

「お邪魔します」

リビングは十二畳ほどの広さがあり、レースのカーテンで覆われた大きめの窓からは光が差し込んでいた。白を基調としたフローリングと壁も相まってかなり明るい印象だった。

リビングを仕切る引き戸は開け放たれており、その先は寝室だったが、ベッドカバーは綺麗にかけられている。

「どうぞおかけください。すぐにお茶を」

「あ、いえ、おかまいなく」

それでも麻美はキッチンへ戻っていった。

ひとり暮らしだからか、二人がけのソファーがひとつしかない。そこに恵美と並んで座った。

部屋は綺麗に片付いており、本人も健康上の問題もないように見える。それにいまのところ、麻美は昨日と違って協力的に感じられた。

しかし兎束は胸騒ぎがしてならなかった。それは、現時点で麻美と紗季をつなぐ唯一のキーワードが麻薬であるということだ。

経験上、麻薬という言葉が出る案件が、ハッピーエンドになったためしはない。

さりげなく室内を見渡すが、事件性を示すものは見当たらなかった。

温かい紅茶をカップに入れて戻ってきた麻美は、ひとつずつ小さな丸テーブルに置いた。

「ありがとうございます」

兎束は礼を言って、口をつけるが、恵美は毒でも盛られているのではないかというように、カップを睨みつけている。

「……あの」

麻美は立ったまま頭を下げた。

「すいませんでした」

兎束はちらりと恵美を窺うが、油断のない視線のまま麻美を睨んでいる。

「どうかされましたか」

落ち着いた声を意識した。

何度目かの『あの』を経て、ようやく言葉を絞り出した。

「昨日はすいませんでした。嘘をついてしまいました」

項垂《うなだ》れていた頭をさらに下げた。

「お話を聞かせていただけるのなら、いつでも大歓迎です」

あえて明るい声で答え、麻美の言葉を堰《せ》き止める心の扉を緩めようとした。

「でも、わたしはほんとになにも知らないんです……あの人が亡くなったって知ってパニック で……どうしていいのか」

「どうぞ落ち着いて。座ってください。ちょっと失礼します」

立ったままでは話し辛いだろうと、兎束がソファーの下に腰を下ろしてあぐらをかくと、麻美もテーブルの反対側に座る。恵美も倣った。

「ゆっくりで構いませんので」

麻美はコクリと頷いた。

「実は……今朝、出勤前にゴミを出そうとしたら……男の人たちが……」

「え？」

「ひとりは電柱の陰に立っていて……それとは別に車にもうひとりいて、前を塞ぐような感じで止まったので……それで戻ってきました」

確かに、玄関ドアの横には口を閉じたゴミ袋が置いてあった。

兎束は立ち上がると、すいません、と断ってバルコニーに出た。下を覗くとエントランスが見える。ゴミの集積所は、ここからは死角になっているが、左手の奥、駐輪場の横にあるという。すぐ横を市道が通っており、車はそこに止まったようだ。偶然かもしれないが、拉《ら》致《ち》するにはおあつらえ向きにも思えた。

「男、ですか。ゆっくりでいいですから、どういう人物たちか説明できますか？」

バルコニーから振り返って聞く。

「その……ちょっと怖い感じの人で。あと車は黒色のバンというか。あまり詳しくないのですが」

兎束は周囲に目を走らせるが、いまはそのような男たちの姿は確認できなかった。

部屋に戻ると、紅茶を啜《すす》り、慎重に聞いた。

「あなたはその男たちに待ち伏せされることに心当たりがおありなんですね」

「……はい」

「それは高島紗季さんが亡くなったことと関係があるということですか」

やや時間がかかった。

「おそらく、そうだと思います。私自身、すべてを理解していないのですが……」

「わかる範囲で構いませんのでお話しいただけますか？」

どこからお話しすれば……と麻美は俯いていたが、やがてぽつりと口を開いた。

「紗季さんは、私の研究の……治験者でした」

「それは抗麻薬ワクチン、ですか？」

その言葉が出てきたことに驚きの色を見せたが、疲労が上回ったのか、なぜ知っているのかを問うことなく、コクリと頷いた。

「まずは、そのワクチンについて簡単に教えていただいても？」

　麻美にとって話しやすい話題からのほうがいいだろうと判断した。

「抗麻薬ワクチンは薬物の依存を止める働きをします。麻薬物質が脳に吸収されるのを防ぐんです」

「つまり、麻薬を摂取しても異常状態にならない？」

「簡単にいえばそうです。脳には血液脳関門という脂肪でできた細胞があって脳を守っています。アルコールはここをすり抜けられるので、脳は酔います。大麻のような自然由来のものや、覚醒剤のように化学的にここをすり抜けるよう加工されているものもあります。たとえば神経伝達物質のドーパミン、ノルアドレナリン、セロトニンなどになりすまして脳内に侵入し、神経系を興奮させます。これが繰り返されると、脳本来の伝達物質の枯渇《こかつ》が起こり、覚醒剤を使用していない時の落ち込みがひどくなります。それを補おうと再び薬物を欲する。これが依存症です」

　麻美は自分の世界に逃げ込もうとするかのように饒舌《じょうぜつ》に、しかし兎束らの理解を確認しながら言葉を調整した。根っからの科学者であり、また教育者でもあるのだろう。

「抗麻薬ワクチンは、覚醒剤の物質であるアンフェタミンなどを感知するとそれらと結びついて関門を通過させません。網の隙間よりも大きなサイズにすることで引っかけるようなイメージです」

「なるほど。脳に到達しないから、異常行動や依存もなくなると？」

「その通りです。お酒を飲んでも水に感じてしまうようなものです。アメリカのDEA（麻薬取締局）では潜入捜査官にワクチンを投与しようという動きもあります」

麻薬組織に潜入捜査をする際、身分を偽らなければならない関係上、覚醒剤を接種することを強要されるかもしれない。ワクチンがあればハイになったフリをして切り抜けられるわけだ。

兎束は本題に舵《かじ》をきった。

「そのワクチンを富嶽製薬と共同で開発していて、高島紗季さんは、そのワクチンの治験者だったということですね」

「はい……。しかし、突然、研究は中止されました。表向きは経営的な判断ということなのですが……」

「表向き、ですか」

「あくまでも噂なのですが、脅迫があったようです……。抗麻薬ワクチン開発から手を引け、と」

さっきから神妙な顔つきの恵美が呟いた。

「ヤクザとか、マフィアかも」

「え？」

「抗麻薬ワクチンが完成して、ビジネス的に大きな打撃を受けるのはどこかというと、それを生業《なりわい》にしている連中です」

確かに、その可能性はある。

「たとえばマフィアって、どこの?」

「アジアなら中国、フィリピン。でもワクチンができて困るのは巨大なマーケットを構成しているところだから、アメリカ、ユーロ、南米のカルテルなども考えられそうね」

再び麻美に視線を戻す。

「あなた自身になにか脅迫めいたものはありましたか?」

「いえ……。ただ、思い返すと、小さな違和感がひょっとしてそうだったのかと思いはじめてしまって、恐くなって……」

ふとみると、恵美が麻美の手を握っていた。恵美は弱い立場の女性に対しては人一倍寄り添いの姿勢を見せ、そして加害者に対して牙を剝《む》く。そんなことを木場から聞かされていた。

さっきまで麻美を疑っていたのに。

「高島紗季さんが亡くなったのは、覚醒剤によるショック死でした。治験には薬物も使用したのですか?」

麻美は大きく首を横に振った。その勢いでメガネが鼻の頭までずれた。

「とんでもない! たとえばアレルギーに対しては減感作療法が用いられます。アレルギーの素である物質を少量ずつ取り込んで身体を慣れさせようとするものです。また予防接種も、あらかじめウイルスを取り込むことで抗体をつくります。しかし麻薬は少量でも取り込めば神経異常を引き起こし、依存状態に陥ります」

ここでひといきついた。

「だから、覚醒剤のショックで亡くなるなんて、まったくの想定外でした」

「ではどうして関係を否定されるような証言をされたのですか？」

麻美は居心地が悪そうに体をよじる。

「抗麻薬ワクチンが、ひょっとして麻薬を求めてしまうような副作用を引き起こしてしまったのではないか……意図しなくても私のワクチンが原因だったのではないか……と」

兎束は、なるほど、と呟きながら、手帳に目を落とした。

「喘息薬についてはいかがでしょう。あなたは失くされたとおっしゃっていましたが」

麻美は申し訳なさそうに俯いた。

「あれは、私が渡したものです。抗麻薬ワクチンを投与した際の副作用としてアレルギー反応を起こすことがありました。どう現れるかは人それぞれなのですが、紗季さんの場合は気管支炎でした」

「それで喘息薬を」

「はい。気管の炎症を収めるという働きは同じだったので」

兎束は無言で頷いて見せ、言い聞かせるように言う。

「今朝の件ですが、怪しい人物が複数人いたということは、個人的な感情でもたらされるストーキング行為というよりも、目的を持った組織的な動きということになります」

「……はい」

「以前から見張られていたかもしれない。それが今日は姿を見せた。とすると、なにかあたのほうで変わった行動を取りませんでしたか？」

麻美は思案顔になるが、特に思い当たることはないようだった。

しかし、思ったよりも深刻かもしれない、と兎束は緊張する。

「警察に相談は？」

「いえ、実被害が出ていないと動いてもらえないとネットで見て……」

恵美が麻美を覗き込んだ。

「確かにそういう情報もあるかもしれないけど、相談してもらえればパトロールの回数を増やしたりもできるし、少なくとも自宅周辺に注意をはらうようになるの。また証拠を摑むためのアドバイスもできる」

言い聞かせるように語気を強めた恵美に、麻美は不安げな表情になった。

「私の研究はそんなに危険なのでしょうか」

確かに、これが完成すれば麻薬の流通量は減るだろう。軽い気持ちで麻薬に手を出す者はいるだろうが、少なくとも止めたいという意思がある者には有効だ。しかも、世界規模で広がれば麻薬ビジネスを根本から変えてしまうかもしれない。

ただ、なにもわからない状況でいたずらに怖がらせることは避けたほうが良いだろう。

「どこにどれだけのインパクトがあるのかは現時点ではわかりません。今後研究内容等を精査する必要があります。ちなみに、そのワクチンは完成したのですか？」

「いえ、まだです。これからも多くの実証データを積み重ねる必要があります。しかしスポンサーも見つからない状況で、停滞しているというのが正直なところです」

麻薬ビジネスを阻む芽を、早いうちに摘《はば》もうとする勢力があるのだろうか。

高島紗季がどんな人物だったのか。現時点で一番よく知っているのは麻美だろう。ただ、危険度を見極められるまで、いったん保護したほうがいいかもしれない。

「わかりました。私は戻って今後の対応を検討します。それまでこの毛利がそばにおりますのでご安心ください」

女性同士のほうがいいだろう、と恵美に視線を送る。

「対応が決まったら連絡しますが、それまでは絶対にここを出ないでください」

「らじゃ」

恵美が小さく敬礼をしてみせた。

本庁に戻ると、デスクにいた木場が兎束を認めて小さく手を挙げた。

「電話で聞きましたが、危険度はどのくらいあるんですか?」

木場が書きかけの書類を脇に寄せながら聞いた。

「わかりませんが、ただのストーキングではなさそうです。現在のところ、確認されている相手の人数は二名ですが、背後に組織的なものを感じます。彼女の研究が麻薬ビジネスに与える影響を考えると、決して楽観できないと思います。海外から刺客が送り込まれても不思議じゃないかもしれません」

「刺客って……」

突飛な話だと笑い捨てることもできないようだった。

「危険度の評価が難しいですが、その相手がマフィアであれヤクザであれ、すでにストーカー行為にまで発展しているなら、相手はいずれ実力行使に出る可能性もあります」

木場はなんどか頷いた。

「いちおう一課長には話してあります。内容によっては警備部から警護員を回してくれるそうです」

すでにそこまで話をつけてくれているのかと嬉しくなった。

「その前に、これからもう一度、富嶽製薬に行って確かめておきたいことがあります。報告はそれからでもいいですか?」

「ええ、情報は多いほうがいい。狙う相手の手がかりでも掴めれば警護の確実性があがります。いまは毛利巡査が？」

「はい、部屋から出るなと言ってあります」

「了解です」

兎束は木場に頷くと、背を向けた。

富嶽製薬をふたたび訪ねるが、前に対応した担当者は不在だった。事情を話したところ、樋口《ひぐち》という治験担当役員が応対してくれることになった。

上品な3ピーススーツを着こなす六十代の紳士で、前に訪ねたことも報告を受けているとのことだった。

「滝本先生には大変お世話になりました。とても優秀な方でしたよ」

いい思い出でもあるのか、ふっと頬を弛緩《しかん》させた。

「共同研究は、終了したと聞いておりますが、その際の治験について伺いたくて」

「はい、まず共同研究についてですが、われわれはあくまでも営利団体ですので、利益を生み出すものかどうかが問題になります。滝本さんの研究は社会的意義の大きなものでしたが、実用化までに時間がかかるもので、その後の収益化の予想も難しいものでした」

「御社が出資されるだけの成果が見られなかったということでしょうか」

「新薬の開発には、もともと長い時間が必要です。今回は三か月おきに実績を確認し、見込みがあれば延長、というかたちをとっていて一年ほど継続してきましたが、これは薬の安全性を確かめるという段階で、麻薬に対する効果確認はまだまだ先の話です」

「つまり、抗麻薬ワクチンとしては未完成だと?」

「その通りです。健康上のリスクは少ないことはわかりましたので、本来ならば次のステップに進む段階でしたが、役員や株主を納得させられるものではなく、我々は手をひいたかたちになります。滝本さんからみたら、最後までやり遂げたかったと思います。その点は申し訳なく思っています」

樋口は自分も残念だ、と両方の眉を下げた。

「なるほど。ちなみに共同研究をされたきっかけというのはどういったことだったのでしょうか」

「コンペです。不定期ですが、将来性のある研究に対して出資や共同研究を提案するための公募をしていた時期がありまして、滝本さんの研究テーマだった抗麻薬ワクチンというのが、社会に貢献するという弊社の社是《しゃぜ》に通ずると思ったのです。さまざまな依存症への応用も期待されましたので」

「しかし、期待通りにはいかなかったということですね」

「というより、製薬には気が遠くなる時間が必要で、十五年以上かかるケースもあります。もともとは二年間の研究費用の援助と弊社の研究施設の利用などを提案させてもらったのですが、弊社の社長の交代と経営的な問題もあって、利益率の薄いものから中止せざるを得なかったのです。まずは経営基盤を安定させるという経営方針に変わり、滝本さんには、こちらからお声をかけさせていただいたのに申し訳なかったのですが」

「では、滝本さんがこちらでお世話になっていた間の印象ですとか、どんなことをされていたのかなどをお聞きしたいのですが、どなたか現場の方をご紹介いただけないでしょうか」

樋口は渋い顔になった。

「あの、滝本さんになにかあったんでしょうか？」

「ああ、いえいえ。滝本さんに捜査協力をしていただきたいことがあるのですが、適任かどうかを簡単に調査しているだけでして」

樋口は納得したように頷いた。

「彼女なら大丈夫ですよ。ただ研究の詳細は止めたものであっても機密事項であり財産でして、お話しすることはできないのです」

この時点で麻美に疑念や好奇の目が向くようなことはしたくなかったが、探りを入れてみることにした。

「それにしても刑事という立場から申し上げたら、抗麻薬ワクチンはぜひ完成させていただきたかったですね」

「我々としても、そこは残念に思っています」

「しかし、もしこのワクチンが完成したら、全世界の麻薬組織を敵に回してしまう可能性も無きにしも非《あら》ず、ですよね」

世間話をするかのような口調で言ってみたが、樋口の眉がピクリと跳《は》ねた。

「社会的意義のあることですから。それに、仮に我々が圧力を受けたとしても、一度薬が出来てしまえば止められません。世界中の製薬会社と協力して生産できますから」

「なるほど、そうですね。ちなみに脅迫とかいたずらなんていうのはなかったですか？」

「ありません。私が知る限り。あったとしても、それが研究中止の理由ではありません」

兎束は樋口の表情を観察していたが、いまの段階ではなんともいえなかった。

あまり引っぱると、麻美が犯罪に巻き込まれたのかと聞かれる可能性もあったので、話を変える。

「抗麻薬ワクチンの治験についてのお話をお聞かせください。どんな方がどうやって参加されていたのでしょうか」

「幅広いサンプルが欲しかったので、年齢、性別、健康状態などの視点で参加者を選定しました。公募、医療関係者、その紹介など様々です。また治験のレベルによっても異なります。最後に実施した時は二十人ほどで、中には本当の薬物乱用者もいました」

「高島紗季さんですか？」

「え？　あ、いえ、お名前までは。いまリストを用意させます」

そう言って内線をかけた。

しばらくして実務担当者と名乗る男がパソコンを小脇に抱えて現れた。顔も身体も細い男で、肌の色も真っ白だった。

コンピュータを操作して資料を参照して言った。

「高島紗季さんですか、ええっと……そういった方は参加されていませんが」

「えっ、確かですか」

「はい……」

担当者はもう一度確認し、また首を振った。

「名字でも名前でもリストにはありませんね」

「滝本さんが……」

兎束はそこまで言って留まった。

不確かな事に遭遇した場合、むやみにツッコまないほうがいいこともある。今回は麻美に再確認すればいいだけだ。

「私の聞き間違いかもしれませんね、失礼しました」

兎束は立ち上がりかけて、座り直す。樋口は一瞬浮かべていた安堵の表情を慌てて引っ込めた。

「最後にもうひとつだけ。治験に参加されていた方たちに健康被害は出ていますか」

ここも担当者が答えた。

「副作用的なことですと、自覚症状としては頭痛、発熱、喉の渇《かわ》きというのが主ですね。あとは血圧の低下が若干みられますが、ほぼ想定の範囲内です」

「死亡例というのは」

「え、ありませんよ」

ここで樋口が口を挟んだ。

「刑事さん、ひょっとして八王子の件をおっしゃっているのですか」

兎束は頷いた。

「ニュースで見て、麻薬で亡くなったと聞いていたので記憶していましたが。どうしてこちらに」

「その被害者が、なんらかの治験に参加していたとの情報があったものですから」

担当者もたまらないといった感じで言う。

「仮にウチの治験に参加していたとしても、それが終了したのは一か月も前です。そんなに遅れて副作用が出るとは思えませんし、そもそも治験では麻薬を接種していたわけではありません」

それから麻美と同じ説明を聞いた。

抗麻薬ワクチンに麻薬の類《たぐい》は含まれていない。ゆえに依存症になることはあり得ない。

樋口が落ち着いた声で言った。

「刑事さんもよくおわかりだと思いますが、薬物の再犯というのは決して医学的なアプローチだけで止められるものではありません。彼らが薬物に走ってしまう環境をなんとかしなければなりません。孤独、将来への不安、前科がつくことで就職もままならない状況」

兎束は頷いた。確かにその通りなのだ。

「我々も抗麻薬ワクチンだけでなんとかなるなんて思っていません。サポートするひとつのツールとして使われるべきだと思っていました」

担当者も同意する。

「実際、これは治験を経てわかったのですが、抗麻薬ワクチンには傷ついた脳を再生させる効果もあったんです。これは予期していなかった副次的な効果でした」

「といいますと？」

「特に覚醒剤は脳の記憶を司る海馬《かいば》という組織を破壊します。記憶がなければ善悪の区別がつかず、結果的にそれは社会復帰を妨げる要因になります。ですが滝本ワクチン――われわれはそう呼んでいましたが、脳機能の修復効果が見られたということなんです。それは社会復帰への足がかりとなるものでした」

大人しそうな男だったが、科学者というのは実は熱い人種なのかも知れないと兎束は思う。

「よくわかりました。本当に最後にひとつ。御社ではいわゆる麻薬を取り扱っておられますか」

呆れ顔を通り越して怒りに近い表情の担当者をなだめるように樋口は言った。

「覚醒剤などの生産に使われる物質、またはそれと似た働きをするものはありますが、あくまでも研究目的です。管理も厳重です。禁止薬物を作り出せるのかという質問であれば答えはイエスです」

「そんなつもりでお聞きしたわけではありません。あらゆる可能性に対して答えを持っておきたいだけですので」

「名前はなんでしたかね……ああ、高島紗季さん。彼女の件は心が痛みます。まだこれからでしたでしょうし、ひょっとしたら、過去の薬物投与により脳機能がダメージを受け、正常な判断ができなかったのかもしれません。もし我々がワクチンを完成させて世に出せていたら、あるいは助けられたかもしれない。ですが営利団体である以上、上手く進められることとそうでないものがあります」

「理解できます」

「ですがね刑事さん。私はいつかまたこの研究を再開したいと思っています。ですので、お互い時期を待ちましょうと話していたんです。日本の科学分野に対する補助は他の国とくらべると弱いですからね。優秀な人はどんどん外国に行ってしまう。我々も滝本さんのような方を引き留めたいと思っています」

どうやら麻美と製薬会社の関係は良好だったようだ。

兎束は立ち上がり、ドアを開けたところで振り返り、念押しをした。

「抗麻薬ワクチンの開発を止めるよう、脅迫めいたことはなかったということですね」

樋口の表情が険しくなった。

「ありません」

センパイならそれが本心かどうか見抜けただろうが、いまの兎束には判断がつけづらかった。

兎束は礼を言い、その場を辞した。


本庁に戻り、木場と共に福川捜査一課長へ報告を行った。

「確認だが、現時点ではまだなにも起こっていないんだな？」

福川は小柄だが、大学時代はアメフトに明け暮れていたらしく、ワイシャツの下に当たりに強そうな硬い肉体が想像できた。

「はい。あくまでも怪しい人物がいたというだけです。そのことについてはこれからウラを取りますが、彼女の研究内容からも、問題が起こる素地はあると考えます」

福川は眼鏡を外すと、裸眼で兎束を睨んだ。

「なぜ彼女は狙われるんだ？」

「研究している抗麻薬ワクチンというのが――」

「それは聞いた。しかしまだ完成もしていないものだ。それを脅威に感じる者がいるのか？」

「そう考えています」

「その根拠は？　まさか勘なんていうんじゃないだろうな」

福川は現場の叩き上げだ。多くの修羅場をくぐり抜け、警視庁捜査一課二百人の指揮を執っているだけのことはあり、強固なのは肉体だけではなさそうだった。彼が守らなければならないのは組織なのだ。

「俺はな、お前の考えを否定したいわけじゃない」

「いえ、仰るとおり、いまはまだ状況がハッキリしていません。この状態で組織を動かすのは一貫性がありません。ですが――」

兎束の頭にピーポくんがよぎった。八王子の冷たい空気の中でひとり死んだ紗季が握っていたものだ。彼女は警察を頼ってくれたのではないか。そして八王子駅北口交番の警察官は、守ってやれなかったことを悔いたが、それは兎束も同じだった。

「高島紗季さんの死には疑問があります。そして彼女は滝本さんと『麻薬』というキーワードでつながっていました。ならば、今度こそは彼女を守りたいと思っています」

福川は腕を組んでしばらく唸ると、横に立つ木場を見る。

「お前も同じか？」

「はい。兎束と同意見です」

福川は頷いた。

「いいだろう。警護に警備部から二名を充てるよう調整する。事実確認はお前らに任せる。以上だ」

最敬礼のあとに一課長の部屋を出た。

廊下を並んで歩きながら、兎束は言った。

「ありがとうございました」

「たいしたことはしていませんよ。でもこれからどうします？」

「滝本さんのマンションで待ち構えていた連中を特定します。しばらくは聞き込みです」

その時、背後から怒鳴り声が響いた。振り返ると、さっきまで話していた福川が自室から飛び出し、こちらに向かって廊下を走ってくる。その表情が、深刻な事態を告げようとしていることがわかった。

思考の連鎖反応はいとも簡単に、あることに辿り着く。

嘘だろ……。

調布警察署から連絡が入った。

市内のマンションの一室で騒ぎがあり、隣人が、ひとりの女性が血を流して倒れているのを発見した。

這《は》って出ようとしたのか、半開きになったドアから上半身が廊下側に出ていたという。

その女性の所持品から、警視庁捜査一課所属の毛利恵美巡査であることがわかった。

「容体は？」

サイレンをならして走行する捜査車両の助手席に座る木場が、携帯電話での通話を苦渋の表情で終わらせると同時に兎束は聞いた。

「何者かと乱闘になり頭部を殴打《おうだ》されたようです。現在意識はまだ戻っていません。それと大腿部《だいたいぶ》にナイフによる刺し傷があり、かなりの出血があるそうです」

くそっ！

兎束は毒づき、首都高速から中央自動車道を駆け抜けた。

「落ち着いてください、民間人を巻き込みますよ！　それに彼女は集中治療室です。早く行っても会えるものじゃない」

兎束は自分を責めた。

なぜリスクについて深く考えておかなかった。なぜ応援が来るまで一緒にいなかった。なぜ恵美だけを残した。なぜ危険を察知できなかった。なぜ、なぜ。

「くそっ！」

ハンドルを叩き、兎束はまたアクセルを踏んだ。

救急病院の駐車場に滑り込むと、ロビーを駆け抜け、集中治療室のガラス越しに恵美の姿を見た。

頭部を覆う包帯は左顔面にまわりこみ、分厚いガーゼを押さえている。酸素吸入のチューブが鼻の下にあり、腕には点滴が二つつながっていた。

まるでそれらが、快活な彼女から逆にエネルギーを吸い取っているように思えて仕方がなかった。それくらいベッドに横たわる恵美の姿が信じられなかった。

兎束は動揺を押し殺し、声を絞り出す。

「あの、滝本准教授の行方は？」

「まだわからないようです」

木場もまた、苦しそうな表情だったが、口調は冷静だった。

マンションの部屋には倒れた恵美がいただけで、麻美の姿はなかったという。

「拉致された可能性が高いので、いまは彼女を探すのが最優先です」

そうですね、と鼻息を吐いた。

「私は上層部から事情説明を求められています。現職の警察官が襲われたことから、規模の大きな捜査本部がたつでしょう」

「私も行きます」

木場はややあってから、わかったと呟いた。

その時、女がひとり、背後に立っているのがガラスに映り込んでいるのに気づいた。振り返ると華奢な二十代前半の女がいて、頭を下げた。まっすぐな黒髪がその憂い顔を隠す。

「あの、あなたは」

女は頭を上げた。

「いつも姉がお世話になっております。妹の毛利澪《みお》と言います」

恵美には同居する妹がいるのは聞いていたが会うのは初めてだった。

兎束は頭を下げた。

「申し訳ありません」

謝罪の言葉がまず口をついた。

「いえ、姉も覚悟して仕事をしていたと思います。あの、兎束さんですか」

「あ、はい。そうです」

「いつも姉から聞いています。姉のほうこそご迷惑をおかけしているのではないかと思っていました。その……奔放なところがあるといいますか」

普段ならその話題で大いに盛り上がれただろうが、この状況ではどう反応するのが正解なのかわからなかった。

「治療は医師に任せるしかありませんが、犯人は必ず、我々で。毛利さんには、また振り回してほしいと思っています」

「よろしくお願いします」

澪が泣きはらした目をそっと閉じて、何度も頷いた。

再び捜査車両に戻り、本庁に向かう。

落ち着きを取り戻した兎束は、いつも通り制限速度きっちりで車を走らせた。すると思考力を阻害していたアドレナリンが消え、冷静に考察できるようになる。

「監視カメラや周辺の聞き込みはどうなんですかね？」

木場が渋い顔を返した。

「いまのところ情報は入っていません。これから本部が立てば人手を割けるから、情報は出てくるでしょうけど」

赤信号で停車した時、兎束は頭を下げた。

「すいませんでした」

もっと密に報告し、連携をとっていれば、木場は異なる指示を出していたかもしれない。

すると木場は体を捩《よじ》って兎束に向き直る。

「いえ、私の責任でもあります。ただ、そんなことを言い合っている状況ではありません。いまから会議室のドアを開けるまでの間に全部話してください」

兎束は頷き返すかわりに車を発進させ、経緯を話した。

本庁に戻り、会議室に続く廊下を歩いていると、交差する廊下の左側から出てきた秋山が横に並んだ。

だがいつものように怒鳴ることもなく、なにかを言うでもなかった。

兎束は正面を向いて歩きながら言った。

「意識はまだ不明ですが、このくらいでは彼女は死なない。完治したら真っ先に秋山さんの尻を蹴り上げると思うので覚悟しておいてください」

兎束の願望でもあった。

「ああ、そうだな」

普段の秋山とは違う渇いた声が、ぽそりと返ってきた。

ことの発端は、この秋山が抱いた違和感からだった。そして、秋山は正しかったのだ。

高島紗季の死には隠された陰謀がある。だからこそ恵美は負傷し、麻美は拉致された。

一刻も早く捜査したいのに、報告しなければならないのがもどかしい。

木場がするノックの音にも、その焦りが加わっているように思えた。

会議室には楕円《だえん》のテーブルがあり、掲げられた国旗と警視庁、警察庁の旗を背に十名の幹部が居並んでいた。

その中に福川もいて、小さく頷いた。

椅子は用意されていたが、三人は起立したまま所属と氏名を告げた。

正面に座る警視副総監が経緯を求め、木場が理路整然と説明を行った。

補足を求められた兎束は、上司に相談なく女性警官ひとりを残して現場を離れたのは捜査の指揮系統を逸脱《いつだつ》していることであり、危険度を過小評価した自分の責任であると主張した。

「いまはそんなことを問うているわけではない」

副総監の低い声が床を這うように伝わってくる。

「毛利巡査襲撃犯の検挙、滝本准教授の捜索と保護、拉致犯の特定と確保、背後関係の把握。これらをどう扱いますか」

目配せをされた福川が起立する。

「捜査一課から三係を本件捜査に当てる他、組織的犯行の可能性を鑑み、組織犯罪対策課から一班。さらに毛利巡査が襲われた調布、滝本准教授の行動範囲である国立、さらに高島紗季が死亡した八王子各エリアの所轄署からもそれぞれ応援、または連携体制を構築、準備が整ったところから順次捜査に当たっています」

幹部たちも会議に時間を割いている場合ではないというのは理解しているのだろう。早々に撤収しようとする空気が広がった。

「ちょっとすいません」

秋山だ。

「私が入っていませんが」

福川が表情を変えずに言う。

「秋山警部補の気持ちはわかるが、本件と捜査二課の関わりは現時点では見られない以上、二課は二課の本分に集中してくれ」

「そりゃないでしょうよ」

「秋山さん、やめてください」

兎束は秋山に正対して呟く。なお押しのけて一課長に詰めようとする秋山を、ついに両手で押し戻す。

「この場で騒いでもどうにもなりませんよ」

福川は席を立つと、兎束の背後に立った。

「秋山警部補、いずれあなたの力を借りる時が来る。だからそれまで待っていてください。紗季さんの身になにが起こったのか、必ず突き止めますから」

理性と戦うように秋山の口がモゴモゴと動いていたが、結局はなにも言わずに会議室を飛び出した。

「相変わらずだな、彼は」

副総監が呆れたように言い、福川は秋山の上司でもないのに頭を下げる。

「粗暴な男ですが、今回の件がただの薬物乱用者の事故死でないことを最初に指摘したのは彼です。やや私情が絡んでいたとはいえ、刑事としては優秀だと思っております」

「ああ、いまは組織力で立ち向かうしかない。このはっきりとしない、得体の知れない事件にはな」

副総監の視線が兎束を捉えた。

兎束はただ礼をして、福川と木場に続いて会議室を出た。

「副総監の言うとおり、得体が知れなくて気持ち悪いな」

廊下を進む福川は、口調は穏やかだが足の運びは速い。早く現場の指揮を執らねばという思いがそうさせるのだろう。

「はい、目的がわかりません。製薬会社の話では、抗麻薬ワクチンは完成にはほど遠かったそうです。それなのに滝本准教授を拉致しています。それも警察官を襲撃するというリスクを冒《おか》してまでも」

「そうだな、なりふりかまわずという印象だ」

「海外マフィア勢の可能性はあるのでしょうか」

そう聞いた木場は三人の中で一番背が低く、小走りに近い。

「公安や組対に動いてもらっているが、まだ情報がない。だが可能性は排除できないな」

廊下を曲がったところで、ひとりの刑事と出会い頭にぶつかりそうになる。

「あっ、一課長、いまお知らせしようと」

手にしていた書類、プリントアウトした写真を福川に手渡した。

一課長は鋭い目でそれらを睨むと、兎束に渡して大股で歩き出した。

写真は防犯カメラのもので、滝本を取り囲むようにしてマンションロビーを抜ける四人の男が映っていた。

すなわち、恵美を襲った四人だ。

兎束は沸々《ふつふつ》と湧き上がってくる感情が怒りであることを認識し、すぐに後を追った。

捜査本部にあてがわれた大会議室に向かい、福川は前の扉、兎束と木場は後ろの扉から飛び込んだ。

すでに会議は管理官によって進行されていたが、起立しようとした捜査員たちに福川は手をかざし、ジャケットを脱ぎながら続けろと指示を出す。

「滝本准教授とこの四人の拉致犯ですが――」

正面のモニターには別の写真が映し出されている。マンション近くのコンビニの駐車場を映したもので、奥の市道を並んで歩いている。滝本は身を拘束されているわけではなかったが、前後左右を男に囲まれ、俯いていた。

従うしかない、といった様子で、ひょっとしたら背後の男によって銃を突きつけられているのかもしれない。

「――この先のコインパーキングに止めてあった白色のバンに乗って立ち去っています」

駐車場のカメラはやや遠目のアングルだったが、その姿を捉えていた。

「車のナンバーは」

鋭く飛んだ質問に担当の捜査員が立ち上がって答える。

「四日ほど前に江戸川区内で盗難届が出されておりました。現在は周辺のNシステムで行方を追っております」

さらに質問が飛ぶ。

「顔認証は」

今度は鑑識のジャケットを着た男が立ち上がった。

「俯いていたり、サングラスをかけていたりと、はっきりと正面を向いたものがないこともあって、まだヒットしておりません」

ふたたび四人組の映像に切り替わる。マンションロビーのもので、最も表情を捉えていた。違和感があるのは四人の男たちに統一感がないことだった。

先頭の男はまだ若そうだ。いわゆるチャラ男のようなどこにでもいそうな身なりであるのに対し、最後尾の男はサングラスをかけていて、年齢は五十代か。スーツを着て、黒いシャツの緩めた襟元からはネックレスが覗いていた。

他にも小太りなTシャツ男に、スキンヘッド。

どんなつながりを持つ連中なのか想像がつかなかった。

しかし恵美を襲った人物たちの姿が見られたことで、抑えていた感情が噴き出しそうになるのを、兎束は手のひらに爪を食い込ませながら耐えた。

福川が立ち上がった。

「聞いてくれ。滝本准教授が拉致された際に襲撃された毛利恵美巡査は現在意識不明の重体だ。ナイフがあと数センチずれて動脈を傷つけていたら命を落としたかもしれない」

その事実に兎束は背中を氷で撫《な》でられたように身を強張《こわば》らせる。

「滝本准教授の保護、並びに毛利巡査を襲撃したこいつらの逮捕、そして背後で起こっていることの解明に部署を超えて協力して欲しい」

福川が頭を下げたことに周囲に戸惑いの色が広がったが、なんの号令もないのに全員が起立し、最敬礼で応じた。

そして、それぞれの職務を全《まっと》うするために次々に部屋を出ていくなか、兎束は川の流れを分かつ岩のように立ちすくんでいた。

そこにひとりの男が足を止めた。

「兎束さん、ですよね」

まるっこい体の人のよさそうな男だった。

「組対の中村《なかむら》といいます」

男は中村祐也《ゆうや》と名乗った。階級は警部。組対にもこんな穏やかな刑事がいるのかと思った。

「どうして私のことを？」

中村は苦笑する。

「やっさんですよ」

「え、秋山さん？」

「あの人は、組対にいたころの先輩でして、一緒にコンビを組んでいました。今回のことで、やっさんは外されちゃったから、ちょっと前に怒鳴り声で電話してきましたよ。しっかりやれよ、このやろう、って」

「そうだったんですね」

「やっさんが高島紗季さんを保護した時、僕もいたんですよ。だから他人事じゃない。というわけでよろしくお願いしますね」

兎束が頭を下げると、中村は肩をぽんぽんと叩く。

「毛利さんの件、心配だろうけど、冷静にね」

「あ、はい。もちろんです」

「いやさ、やっさんが言っていたんですよ。兎束ってやつは、一見チャラ男だけど見所があるって」

「そんなことを、ですか」

「ま、あとは、ひとりで抱え込んで暴走するタイプ——とも言っていましたけどね」

中村は愉快そうに笑う。

「じゃあ、僕は暴力団界隈で動きがなかったかどうか調べてくる。さっきの顔写真でなにかわかるかもしれないからね」

兎束はもう一度頭を下げて、中村の後ろ姿を見送った。

兎束は捜査本部に残り情報整理にあたっていた。

事件の全体像はまだ知る由もなかったが、それでもこの異質さを一番肌で感じている。

紗季の死亡と麻美の拉致をつなぐ唯一の手がかりは抗麻薬ワクチンだ。

麻美は、紗季は治験に参加していたと言っていたが、富嶽製薬の治験者リストに紗季の名前はなかった。そして、恵美がいるにもかかわらず麻美を拉致した目的はなにか……。

「兎束」

福川が受話器を耳に当てながら呼んだ。駆け寄り、通話が終わるのを起立して待った。

「高島紗季だが、広尾に行くようなことがあったのか」

広尾は渋谷区と港区にまたがる高級住宅街で、各国の大使館も所在している。そんな場所と紗季のイメージが重ねられず、戸惑った。

「いえ、私は聞いていません。勤務先でもあまり関わりを持つ人はおらず、プライベートでなにをしているのか知られていないようでしたので……。広尾で目撃されていたんですか」

「いや、ＩＣカードの履歴だ。週一回のペースでシフトの休みに合わせて広尾に行っている」

「八王子からだと結構な距離です。いったいなにを」

「まだわからんが、おおよそ三、四時間後に、また広尾駅から乗車し、恵比寿、新宿で乗り換えて八王子に戻っている」

「同じ場所にそれだの時間滞在するというと、たとえば副業かなにかでしょうか」

「だが納税の記録はないからな、とっぱらいの仕事ということになるな」

デリヘルなどの風俗系がまっ先に思い浮かんだが、なぜか秋山の怒鳴り声が脳内に響いた。紗季はそんな女じゃねぇ！　と。

そもそもわざわざ広尾である必要はない。

「広尾には大きな病院があります。誰かの見舞いということはありませんか」

「ああ、そちらも調べている。だが交友関係は極端に狭いということだったよな。だから足繁く通ったとなれば、相当深い関係の人物ということになる」

葛藤《かっとう》するような兎束の表情を見て福川が聞いた。

「どうした、なにが言いたい」

「あ、いえ。現状、高島紗季についてもっともよく知っているのは秋山警部補です。またそもそもの発端は秋山警部補のひとことからだったので捜査に加えてはどうかと」

「それなんだがな」

福川は渋い顔をする。

「あいつは私情が入ると暴走するし、過去には方針から逸脱した違法スレスレの捜査をしていたこともある。組織として一枚岩で進みたい時は扱いに困る、特に今回の事件のような場合にはな」

秋山なら、と想像は容易《たやす》かった。

「それでは、私が個人的に聞いてくるというのはどうでしょうか」

福川は背もたれに身体を預け、息を吐く。

「そうだな、頼む。ただしこちらの情報は渡すなよ。勝手に動かれたら困る」

「了解しました」

兎束は踵《きびす》を返し、捜査二課に向かった。

その途中、階段の踊り場で聞き慣れた声が耳に飛び込んできた。声というか叫び声だ……秋山の。

「だからさ、悪いようにしないからちょっと教えてくれって言ってんだよ！」

すでに夜の八時を過ぎ、残っている職員が少ないだけに余計に声が響く。

それでも、その場を通りかかった者たちが足を止めないのは、見慣れた光景だからなのか、それとも関わりたくないと思っているだけなのか。

兎束は壁から覗き込んだ。

秋山に絡まれているのは中村だった。

「勘弁してくれよ、やっさん。いろいろややこしいことになるからさあ」

「俺の身にもなってくれよ。気が気じゃなくて仕事どころじゃねぇんだ。もしこれで俺がなにか不祥事でも起こしたらあんたのせいだからな」

無茶苦茶だ。ヤクザのようだ。

「お取り込み中すいません」

声をかけると、なぜか二人とも救世主が来たかのような顔で兎束を見た。

「おお、兎束。ちょうどよかった。どうなっているか教えてくれ」

秋山が腕を回してくるが兎束はひらりとかわす。

「言えませんよ。上層部もピリピリしていますし、いまは情報を徹底的に管理して捜査の方向性を見出《みいだ》す必要があるので」

「ほら、やっさん。だからそう言ったでしょ。そのうち声がかかるからさ」

秋山は、なだめる中村の胸ぐらを摑んだ。

「紗季は事故なんかじゃなくて殺されたんだぞ、じっとしていられるか」

兎束は中に割って入る。

「殺されたとはまだ誰も言っていませんよ。それをいま調べてるってことですから」

突き放された中村はよろよろと階段の手すりをつかんだ。

「そもそも、中村さんは秋山さんより階級が上なのに、どうしてそんな態度が取れるんですか」

「俺は気にしない。一緒にやっていた時は同じだった。俺が異動になってから昇進したらしいが、中身は変わらん。先輩はいつまでたっても先輩だ」

警察の階級システムを否定するようなことを言う。しかも、それは本人が言うことではない、と思いつつも、センパイの声が頭を過《よぎ》った。

――兎束、なにやってる、早く来なさい。

――兎束、よくやったわね。

――兎束、コーヒー。ブラックで。

またあの鋭くも澄んだ声で名前を呼ばれたい。

そんなことを考えていると、秋山が兎束に詰め寄る。

「おい、なにぼんやりしてんだ。ニヤニヤして気持ち悪《わり》ぃな」

現実に引きもどされた兎束は、咳払いをする。

「ちょっと伺いたいことがあるんです」

「ああ？　情報をこっちに渡せねぇくせにか？　調子がいいな、この野郎」

シャツを皺にされたくないので一歩下がる。

「紗季さんですけど、広尾によく行っていたようなんです。なにか心あたりがないかと思って」

「ああ……広尾か。じゃぁ俺を本部に入れろよ」

「知らないんですね」

表情を見ればわかる。答えは持っていないが自分に有利なことを取引材料に使おうとする輩はたくさん見てきた。

背を向けたところで腕を摑まれた。

「待て待て待て、いまはわからんが、ちょっと調べればわかる。だから材料をくれ」

「材料？」

「いまはどんな状況だ」

「ですから、言えることはないんです。それに秋山さんが答えを持っていなくても、現在、捜査本部が総力をあげて捜査にあたっているのでそのうちわかるでしょう。では」

背を向けたところを、また腕を引き寄せられる。やめてください、と振り返ったが、ギョロ目が眼前にあって思わずのけぞる。

「おい、待て。広尾って言ったか」

「なにかあるんですか」

秋山は途端に思案顔になった。

またブラフかと思ったが、そうでもなさそうだった。

「紗季さんが広尾に行く心当たりがあるんですか」

「いや、ない。ただ、広尾って言ったら……おい中村、拉致犯の写真あるんだろ、面は割れたのか」

「いや、鑑識によると画像検索するには不鮮明だそうだ」

そこまで言って、中村はハッとして口を押さえた。

「そんなくだらねぇ情報はどうだっていい。システムに頼るな。お前は組対だろ、組員の顔が頭に入っていないのか」

「そりゃ全員は無理ですよ」

「全員じゃなくていい。鶴島会だ！　ったく、もういい！」

それだけ言うと秋山は階段を駆け降りていった。

「相変わらずだなぁ」

あきれ顔で身なりを正す中村に聞く。

「どういうことなんですか。鶴島会？」

鶴島会は、かつて存在した暴力団だ。

「たぶん、拉致に鶴島会の連中が絡んでいると思ったみたいだね。確かに紗季さんは鶴島会で働かされていたけど、今回のことと、どんな関係があるのかは僕にはわからない。あの人は、なにか気になったら説明せずにすぐに飛び出しちゃうから」

いまみたいにね、と付け加えた。

「心配ですね、こちらの捜査を掻き回さなければいいんですけど」

「紗季さんのことはなにかと気にかけてきていたからね、気持ちはわかるんだけど。でもやっさんの言うことも一理ある。画像検索などに頼らず、足を使うよ」

その中村の靴はすり減っていて、これまでも現場を走り回ってきたことを感じさせた。

4

紗季が広尾を訪れていた理由の一端がわかったのは翌日のことだった。

「美容外科クリニック？」

夜の捜査会議に、遅れて入室してきた木場の報告に一課長が資料を見ながら言った。背後のモニターにはその映像が流れている。

木場は、紗季が広尾駅の改札を出た後の行動を摑むため、本部に残って防犯カメラ映像を丹念に追っていた。

毎回、三番出口から地上に出て外苑西通りを西麻布方面に進んでいたことまではすぐに摑めたものの、その先に防犯カメラのないエリアがあって、なかなか突き止められないでいた。

しかし、広尾駅で客待ちをしているタクシーのドライブレコーダー映像で、その隙間を埋めることができた。

通りに面したビルの『麻布クリニック』とラッピングされたガラスドアを開ける紗季が映っていたのだ。

しかし兎束は意外な報告内容に戸惑った。

「被害者は美容外科、つまり美容整形をしていたのか？」

はじめは木場に問うた福川の視線が兎束に向けられる。起立したものの、もちろんそんな情報はない。

「そのような話は聞いておりませんし、亡くなる直前まで保管されていたレシートの中にも、麻布クリニックのものはありませんでした」

「その美容外科に話は聞いたのか？」

再び木場が答える。

「休業状態なのかまだ連絡が取れておりません。明日、直接訪ねてみます」

なぜ八王子から遠く離れた広尾の美容外科に通っていたのか。紗季の生前の行動に謎は深まるばかりだ。

「班長、私も同行してもよろしいでしょうか」

木場が答えるよりも前に福川が頷いた。

「ああ、お前らに任せる。次、滝本准教授のほうは」

中村が起立した。

「行方はまだわかっておりませんが、拉致犯のひとりにつきましては、元鶴島会の構成員だった男の可能性があります」

ちらりと兎束を見た。どうやら秋山のアドバイス通りだったようだ。

「組長をはじめ幹部の一部は現在も服役中ですが、その他は方々に散りました。多くは堅気《かたぎ》の道に戻っていますが、なかにはそうでない者も。この男もそのうちのひとりではないかと」

モニターにその写真が映し出される。

麻美のまわりを菱形に取り囲むようにしてマンションの廊下を進む映像だ。

「どの男だ」

「最後尾に位置しています」

サングラスをかけ、やや俯いていることからその表情ははっきりとは見えない。このなかでは最年長だろう、こめかみあたりに白髪が交ざっている。

「榎本克典《えのもとかつのり》という男で、かつて鶴島会の若頭《わかがしら》だった男です。拉致に関わった経緯等は確認中です」

「拉致に鶴島会が関わっているということか？」

「いえ、組織としては解散しているので、残党が個人的に関わっているものと思われます。その他の三名はヤクザ者とも思えませんし」

「了解した、引き続き頼む。次、Ｎシステムは」

若い捜査員が起立する。

「滝本准教授を乗せた車は江東区小名木川《おなぎ》を越えて明治通りを南下しているのが確認されましたが、その後の行方はわかっていません。現在は最後に確認された地点から周辺の監視カ

「メラを――」

「明治通りを南下した場合、次のNシステムはどこだ」

「え、ええっと……、ちょっとお待ちください」

両隣の捜査員を含めて慌てて資料をめくり、コンピュータを開いて検索をはじめた。その音だけが凛とした空気の中で響く。

「あ、ありました。夢の島です」

やり遂げたという顔の捜査員に福川の冷静な声が飛ぶ。

「距離は？」

「ええっと、よ、四キロほどです」

スクリーンにNシステムの設置場所が示された地図が広がった。

「四キロ四方で絞ったとしても、この範囲内にあるのは十五箇所だ。特に東西線より南に絞れば四箇所しかなく、さらに湾岸線を突破されれば広大な空白地帯がある。監視カメラを一つひとつ調べるつもりか？　いつまでかかるんだ？　拉致から二日が過ぎているんだぞ」

その捜査員と、矢面に立たせてしまった両隣の同僚らは項垂れた。

「消えた地点に囚われるな、もっと俯瞰《ふかん》して見ろ。我々のリソースは有限だ。システムに頼らず頭を使え。犯人の行動を予測して範囲を絞り込め。お前たちがすべてを背負《しょ》い込むんじゃない。そのために必要な人材、技術はなにかをまずは考えるんだ。我々警察は組織力で悪を圧倒することを忘れるな」

福川の言葉で捜査会議室の空気がひとつになったような気がした。

気は焦るが、捜査員それぞれが個々の成すべきことを確実に行っていくしかないのだ。

5

麻布クリニックを訪れたのは、朝の十時を過ぎた頃だった。ホームページに記載されていた診療開始時間に合わせたのだが、ガラス戸から中を覗き込んでみても明かりがついていなかった。

振り返ると、携帯電話を耳に当てたままの木場が首を横に振る。

「だめですね、誰も出ません」

ビルの横手に回り込んでみると従業員用の通用門があり、郵便受けには新聞がひとつだけ差さっていた。

それを抜き取って日付を見る。

「今日の新聞です。ということは、少なくとも昨日は誰か来たということですよね。張ってみますか」

クリニックの目の前は時間制限駐車区間になっていた。そこに車を寄せ、しばらく待ってみることにした。

「医院長はドクター大貫《おおぬき》とありますね」

木場がスマートフォンでクリニックのホームページを表示させた。

「スタッフすら来ていないというのは、臨時休診でしょうか」

「どうだろうね。しかし高島紗季がどうしてここに来ていたのか、謎ですね」

シートにもたれ、雨が落ちてきそうな空を見上げる。

「毛利さん、大丈夫ですよね……」

ポツリと言葉が口をついた。こんな想いをするのは、二度目だった。

兎束が高校生になった時、七歳上の姉が死んだ。ストーカーに刺されたのだ。

昼過ぎに呼び出され、病院の廊下で手術室から出てくる姉を待っていた。

その時、こういう思いだった。

大丈夫に決まっている。

根拠はなくても、それ以外の結果を信じることができなかったからだ。

姉はすでに実家を出てひとり暮らしをしていたが、犯人は、数回、顔を合わせただけの宅配業者だった。

荷物もないのに自宅を訪れるようになったため、その会社に報告し、男は解雇された。

しかし付きまとい行為は続いた。

警察にも相談していたが、注意に留まるなど、動きは鈍かった。

そして事件は起こり、姉は再び目を開けることはなかった。

兎束が警察官の道に進んだのは、その時の想いがある。

姉を見殺しにした――怒りの対象である警察官になることに対して、両親は驚いたようだが、なにより悪を潰したかったし、警察を変えてやるとも思っていた。

「もちろんだ」

木場の声で、我に返った。

木場は、これまで根拠のない話をすることは一切なかった。

恵美の状況は決して楽観できるものではない。しかし、大丈夫に決まってる、ともう一度重ねるように言い、それが心強かった。

その時だった。クリニックの前を通り過ぎ、裏手に回る男の姿があった。兎束と木場は示し合わせて車を降りる。

「すいません、麻布クリニックの方ですか」

振り返った男の顔を見て、兎束は機先を制す。

「ああ、大貫先生でしたか」

「はい、ええっと？」

「申し遅れました。私は警視庁捜査一課の兎束と申します」

「同じく木場です」

警察手帳をかざして、兎束は一歩前に出る。

「少々お話を伺いたいのですが」

「あ、はい。どういったことでしょうか」

「ちなみに、中には誰も?」

「ええ、いまは私ひとりです」

そう言ってドアを開けた。

「見ての通り、まだ準備中でして」

覗き込んでみると、ダンボールやらキャンペーンを知らせるチラシなどが床に山積みになっている。

「実は、お恥ずかしながら一度経営破綻してしまいまして。いまは再スタートの準備中なのです」

「まだ開業されていない?」

「ええ、破綻してから三か月経ちます。先日あらたに融資を受けまして復活です。といっても今回は雇われ院長のような扱いですが」

なるほど、と相槌《あいづち》を打ってから兎束は本題に入った。

「高島紗季さんという方がこちらに何回か来院されていたと思うのですが」

大貫は、ああ、紗季さんですね、と言ってクリニックに招き入れながら続けた。

「うちで働きたいということで面接をしましたが、ちょっと受け答えが危うい子でしてね。まずは見習いとして不定期に通ってもらっていたんです」

意外な答えだった。住まいの八王子から広尾までは一時間以上かかる。不定期とはいえスーパーとのダブルワークは大変なはずだ。

「まあ、僕が学歴不問、未経験者可って書いたものだから」

乱雑にものが置かれたカウンターから付箋紙のついた求人情報誌を取ると、そのページを開いてみせた。

確かに未経験者・学歴・年齢不問と書いてある。しかし、八王子に住んでいながらなぜ広尾の勤務先を選ぶのか。

「これを見て応募してきたということですか」

「ああ、いえいえ。大学の先生の紹介ですよ」

顔を見合わせた木場の目は大きく見開かれていた。

「大学の先生の紹介……その方のお名前は」

「ええっと、これは言っていいのかな」

トラブルにでもなると思っているようだ。

「ひょっとして、城央薬科大の滝本先生ではないですか？」

今度は大貫が驚いた顔をした。

「ええ、ええ。そうです。ご存じだったんですか」

「実はその件で少々調べているんです。ちなみに、滝本先生とは以前から面識が？」

「いえ。初めはお電話をいただいたんです。同じ医療系ということで話を聞きましたが、滝本先生が担当されていた患者さんの社会復帰の手伝いをしたいということでした」

麻美が紗季の就職を斡旋《あっせん》？

そんな個人的な関わりがあったとは聞いていなかった。もちろん詳しい話を聞く前に拉致されたからかもしれない。

「高島さんは、こちらでどのようなお仕事を？」

「再オープンに向けて雑用をやってもらっていました。ただ、なんというか。ぽわんとした子で、電話対応もだめなんです。引き受けてしまったもののこれは困ったなぁと思っていたところ、なんの連絡もなく来なくなっちゃいました。ま、最近の若い子はそんなものなんでしょうけど」

大貫は散らばったチラシをまとめ、カウンターの上に何度か落として角を揃えた。

「なんでも、これまでちゃんとした仕事に就いてこなかったので、将来のために経験を積みたいとか。悪い子じゃなかったんですけどね、やっぱり向いてなかったのかな」

その子がどうかしたんですか、というような目を向けられたので、兎束は姿勢を正して言った。

「その方は……高島紗季さんは亡くなられたんですよ」

ええっと息を呑み、大貫は失言を取り消せないかと視線を泳がせた。

「そうですか……。でもどうして」

「覚醒剤の過剰投与なのですが、なにか気づかれたことはありませんか」

「覚醒剤⁉」

視線が一瞬泳いだ。なにかを探そうとしたような――。

「ぜんぜん気がつきませんでした。あの子がそんな」

センパイは〝鷹の目〟と言われていたが、〝兎の目〟だって……と、兎束は目を細め、大貫を観察した。

しかし、わからなかった。嘘をつき慣れている人物かもしれない。

事件情報については公表されていることしか話さないのが基本だが、兎束はゆさぶってみることにした。

「覚醒剤を、無理やり打たされた可能性もあるんです」

大貫は目を見開いて口をぱくぱくと動かした。言うべき言葉が見当たらないようだ。

「彼女がどうやって覚醒剤を入手したのか。けっして余裕がある生活ではなかったはずなのに、どこにそんな金があったのか。なにしろ死に至るほどの覚醒剤です。致死量が一グラムだとしても十万円くらいはするはず。あ、先生ならご存知ですかね」

「ど、どうして私が」

その顔は、眼前の刑事がなにをどこまで知っているのかがわからずにパニックになっているものだった。

この男は、なにかを知っている。そう確信した。

「あ、いえいえ。医療関係の方だからお詳しいかと」

大貫は髪の毛を後ろに流し、咳払いをした。

「私は美容整形ですから、専門外なんです」

「そうですか。本日はありがとうございました」

兎束は頭を下げ、一旦出口に向かうが、ドアまであと二歩というところで振り返り、後ろをついてきていた大貫に息を呑ませた。

これはセンパイがよく使っていた〝感情を揺さぶる〟手だ。隠し事がある者に対して、言動で緊張の糸を張ったり緩めたりすることでボロを出させる。

「ちなみに滝本先生と、その後連絡は？」

「いえ、ありません。しばらくは様子を見に来られていたんですが。もともと私からコンタクトをとったわけではありませんし、その、なんというか」

兎束は笑みを作ってみせる。

「そうですか、今日はどうもありがとうございました」

車に乗り込むと、助手席の木場がクリニックのガラスドアからこちらを窺う大貫に目をやりながら言った。

「怪しいね」

兎束は車をスタートさせる。

「班長はどう思われました？」

「特に死因が覚醒剤ってくだりかな。挙動がおかしかったですね。視線も泳いでいたし」

木場はずっと兎束の後ろに控えていたが、その分、表情をしっかりと観察していたようだ。

「同感です。彼女の死そのものよりも、覚醒剤でというのが意外そうでした」

「言い換えると、死んでしまうことについては心当たりがあるということなのかも」

兎束は無言で頷き、本庁に向けてハンドルを切った。


捜査本部で報告すると、福川は眼鏡を外して眉間を指でつまんだ。

「どうなっているんだ、いったい」

「滝本さんはこれから話すつもりだったのだと思いますが、すべてを聞いたわけではありませんので、なんとも……。ただ、それを話されたくない者たちがいて、彼女を拉致した可能性があります」

「警察官を襲撃するというリスクを冒してまで、話されたくなかったこととはなんだ？」

「大貫院長はなにかを隠している気がします」

「なんだ、それは。言ってみろ」

「憶測ですが」

「かまわん」

福川は背もたれに体をあずけて、腕を組んだ。

「まず辻褄《つじつま》が合わないことがいくつかあります。滝本さんは高島さんを抗麻薬ワクチンの治験者だと言っていましたが、富嶽製薬の治験者リストに高島さんの名前はありませんでした。それと、滝本さんが高島さんに仕事を紹介したこと、また高島さんが八王子からわざわざ広尾に通っていたのも不可解です」

「死因となった覚醒剤についてはどう思う」

「まだわかりません。抗麻薬ワクチンといっても麻薬の成分はなく、富嶽製薬も麻薬の原材料になりえる薬品を所持していることは認めていますが、国の管理も厳重で記録も残るのでこちらが出どころとは考えにくいです。また高島さんが自分の意思で覚醒剤を買うというのも違う気がします」

「なぜだ」

「ひとつは金銭的な面、もうひとつは自分からなにかをするという行為自体が苦手だったようです」

「というと」

兎束はメモ帳のページをめくった。紗季のことを知ろうと、前もって問い合わせていたことがあった。

「高島さんが入所していた更生施設の医師に聞いてみたところ、社会復帰は可能だと判断したものの、受け身の体質が強いとのことでした。勧められたら断れない。この判断力の低下は性格の問題ではなく覚醒剤による後遺症のひとつだということでした」

「じゃあ誰かが覚醒剤を勧めたか……強要したか」

「はい。もしそうなら、あれは事故ではなく殺人事件だった可能性も出てきます」

福川がビシッと後ろに流した髪を撫でつけた。

「なんだか、こう、気持ち悪いな」

兎束は大きく頷いた。

「私も同感です。全体像が見えていないせいかもしれませんが」

事件の背景には必ず一本の流れのようなものがあり、付随して起こるさまざまな出来事には納得できる理由がある。しかし今回の事件はそれが希薄なのだ。

表面的に見えるものだけで、隠れている〝流れ〟を自分たちが都合よく描いているだけではないのか……。

紗季の死。絶ったはずの覚醒剤、希薄な交友関係、公園で死んだ理由、広尾に通っていた理由、麻美の拉致、紗季のことを治験者だったと証言したが富嶽製薬にその記録はなかったこと。そして恵美の負傷……。

大局的に見れば、そこには抗麻薬ワクチンの存在があったはずだ。その完成を拒む勢力があり、麻美を拉致した可能性はある。しかし紗季が死んだ理由がわからない。

麻薬で殺害すれば、より抗麻薬ワクチンの登場が待たれることになる。つまり抗麻薬ワクチンを妨害したいのなら、別の手を使おうとするだろう。

それでも福川の声に迷いはなかった。いまできることを見極めている。

「これから情報が集まってくれば、また見方も変わるかもしれない。引き続き、スジを追え」

返事をしようとした時、怒鳴り声が響いた。

「兎束！　兎束はいるか！」

秋山は、今回もしっかりと兎束の姿を確認したうえで叫ぶと、大股で足を繰り出して詰め寄ってきた。ただ、いまは、なぜかその粗暴ぶりが嬉しく思えた。

「なんですか秋山さん。この捜査には関わっていないはずですが」

「てめぇらがまどろっこしいことばかりやってっから来てやったんじゃねぇか」

福川が眉を跳ね上げた。連帯責任で兎束の評価まで下がってしまいそうだった。

「なにかわかったんですか」

「わかったんですかじゃねえよ。お前、広尾のクリニックに行ったんだってな」

言ってもいいのかと、福川を窺ってから言った。

「ええ、高島紗季さんが複数回通っていたことがわかったので」

秋山は鼻を鳴らす。

「就職活動だってか？」

兎束は警戒した。なぜそのことを知っているのか。

「調べたに決まってるだろうが」

秋山は兎束の考えを読んだように言った。

「やめてくださいよ、勝手な動きをされると統率がとれません」

福川を代弁するように言うが、秋山の目はさらに見開かれた。

「俺を捜査からはずしておいて、ちゃんとやれてんのかって気になるだろうがよ」

いちいち突っかかるのは勘弁してほしい。

「あのな、就職活動なわけねぇだろうが」

「不自然さは認めますが、だからといって、それを嘘だと言えるほどの情報もありません」

秋山は呆れ顔になる。

「情報、情報って。お前には刑事の直感とかねぇのか」

「事実をもって物事を判断するのは警察官たる――」

そこまで言った時に、バンッ！　と分厚い手のひらが机に叩きつけられた。銃の発砲音にも似た鋭い音だった。

「だから、お前は女を守れねぇんだ」

それだけ言って、秋山は肩を怒らせながら退出した。

ふと見ると、秋山が手を叩きつけた場所にメモが残されていた。

それに二度ほど視線を走らせてから福川に手渡した。

「麻布クリニックに出資し、再建させたのは水城《みずき》という経営コンサルタントだということですが……」

メモにはもうひとつ、書き殴られていた。

「鶴島会……」

福川が視線を上げた。

「かつて鶴島会のブレーンだった男でもある、とあります」

そこに中村が後ろを振り返りながら会議室に戻ってきた。

「あれ、いま、やっさんが……？」

「中村さん、ちょうどよかった。鶴島会について聞きたいことがあるんですが、少しよろしいですか」

「えっ、ええっと、鶴島会？」

中村は交互に兎束と福川に視線を走らせる。なぜそんな話が出るのかと説明して欲しそうだったが、小さく咳払いをして、話し始めた。

「鶴島会はかつて足立区に本拠を置いていた暴力団ですが、数年前に解散していて、組長は現在も服役中──」

「水城という人物に心当たりは？」

福川の声に、中村の目の色が変わった。

「それは、水の城と書くミズキですか？」

「そうです」

鼻息を長めに吐いて、事実確認をするように話しはじめた。

「水城は、そのいきさつは不明ですが、いつの頃からか鶴島会の『経営』に関与するようになりました。それまで粗暴なだけの鶴島会はインテリヤクザに変貌し、暴対法によるシノギや上納金の減少をカバーするだけでなく、多くの利益をもたらしたと考えられています」

「しかし、結局は解散したと」

「はい、どんなにインテリぶってもヤクザはヤクザ。メンツを捨てきれず大きな取引を狙って失敗。組長の逮捕をきっかけに組織は分裂。利権を狙う他の勢力らによる共食いの果てに、消滅しました。それで、これがどうして水城が話題に上るんですか？」

兎束に視線が戻ってきた。

「高島紗季が通っていたという広尾の美容整形クリニックなのですが、そこに出資しているのが水城だというんです」

「ああ、それでやっさんが？」

今は誰もいない会議室のドアを肩越しに見やりながら中村は合点したように頷いた。

「鶴島会の崩壊のきっかけとなったのは、日本に販路を拡大しようとしていた中国マフィアとの取引です。当時の相場で七億円に上るその取引の直前に、鶴島会側が取引を一方的に中止したんです」

「どうしてそんなことを？」

「詳しくはわかりませんが、取引の当日、我々が踏み込むという情報を受けて、組内で混乱が起きたようです。結局は直前で取引をキャンセルして金塊を引きあげたのですが、連絡が遅れたマフィア側は摘発されて、激怒。一時は戦争になるかと騒がれましたが、裏社会で信用を失った鶴島会は、櫛の歯が欠けるように構成員がいなくなり、崩壊状態となりました」

中村は、あっ、と呟いて補足した。

「それで、そもそものマフィアとの取引をコーディネートしたのが水城だと踏んでいたんです。ですが証拠を摑めず逮捕にはいたりませんでした」

「いま水城は」

「経営コンサルタントを続けています。ちゃんと納税もしています」

また麻薬がらみだ、と兎束は唸る。

水城が出資するクリニックに紗季が来ていて、その斡旋をしたのは麻美だった。

福川が、兎束の疑問を代弁する。

「覚醒剤の取引をしようとした水城、覚醒剤で死んだ高島紗季、抗麻薬ワクチンを開発していた滝本麻美。いったいなにがどうつながるんだ」

秋山の言葉が頭の中を巡る。

「さきほど秋山警部補が言っていました。就職活動なわけねぇだろって」

福川の目が光る。

「臨床試験の続き……か。それならどうして水城が金を出すんだ？」

確かにまだ辻褄が合わないことが多い。

「秋山さんと話してきます。中村さんもよろしいですか」

「もちろん。で、なんだい、臨床試験の続きって？」

困ったようにハの字眉の両端をさらに下げた。

捜査二課に秋山を訪ねるが不在だった。

「班長なら、たぶん日比谷公園の喫煙所だと思いますよ」

佐藤《さとう》と名乗った若い刑事があきれ顔で言った。

「どうもありがとう」

そう言って立ち去ろうとした時、机の書類に目が留まった。

「水城……水城を調べているんですか？」

「そうなんです。仕事は山ほどあるのに、秋山班長が急に水城が経営するコンサルタント会社を調査すると言い出したんです。そのくせ理由を言ってくれないので困っているんですよ」

想像に容易く、たいへんですね、と兎束は同調しつつ苦笑した。

「ちなみに、水城に関して、なにか不正などわかったんですか？」

「いえ、まったくクリーンですね。なかなか優秀な人物のようで、ベンチャーから大手までさまざまな企業と契約していて、経営は黒字。納税もきっちり行っています」

水城のプロフィールを手渡してきた。

ハーバード大学を出て、大手の監査法人で実積を残し、著書もある。水城が関わった会社の多くが業績を回復している。

「でも秋山班長は、この男が怪しいと言ってるわけですね」

「そうなんです。タレコミでもあったのかもしれませんが。でも、捜一でも水城を調べているんですか？」

「僕らも同じです。秋山班長が、説明もなくこいつを調べろって言ってるので状況を聞きにきたんです」

「それは、うちの班長がご迷惑を」

佐藤は頭を抱えるような素振りを見せて、すいませんー、と苦笑した。

「ありがとうございます。ご本人に聞いてみます」

兎束と中村は日比谷公園に向かった。見上げればどんよりとした曇り空で、吹き抜けるからっ風がよけいに寒く感じるが、桜の蕾はだいぶ大きくなっていた。

「秋山さんは、以前から水城をマークしていたんでしょうか。広尾と言っただけですぐにピンときたみたいですし」

となりを歩く中村は神妙な面持ちを崩さなかった。

「どこまで言っていいのかわからないけど……まあ、このあと本人に会うし、兎束さんだから言うけど、やっさんにとって水城は宿敵なのだと思う」

「どういうことです？」

「鶴島会のビジネスは水城が関わるようになって複雑化していったといえばいいのか。仁義やら義理やらしきたりやらでがんじがらめな毎日が合わない連中——特に若い者にとってはね。生きづらいというか、組の中で出世したいなんて者は少なくなったんだ」

「ヤクザだからといって金廻りが良くなるとは限らないみたいですもんね」

「うん、厳しくて理不尽な世界で、しかも割に合わないとなると、新しい考えを持った人がいると魅力的に見えるんだろうね」

「それが水城ですか？」

「そう。もともとは組長が連れて来たらしいんだけど、将来に疑問を持つ若頭補佐と組んでシノギの幅を広げていったんだ。法律のグレーゾーンを巧みに利用してね。昔気質《かたぎ》の若頭はそれが気に入らなくて対立していたみたいだけど、若頭補佐サイドに人が集まりはじめた。稼ぎも上げてくるから組長も黙認してたんだ。そのビジネスのひとつに売春があった。まぁデリヘルだけど、そこにいたのが紗季さんだ」

「つまり、水城がいなければ紗季さんがあんな目に遭《あ》うことはなかった、と秋山さんは思っているということですか」

「そうだね。紗季さんに対して、親心かな。刑事としてヤクザを追いまわすだけの殺伐とした日々のなかで、自分の存在意義を見出したんじゃないかな」

秋山の意外な一面を見た思いだった。

「しかし、どうして広尾と言っただけで、クリニックに水城の息がかかっていると思ったんでしょうか」

「やはり、マークはしていたんだと思うな。特に紗季さんが亡くなってからはさらに。そしてチャンスを窺っていたんでしょうね。ボロを出す瞬間を」

「執念、ですね」

「うん。だからやっさんの頭の中では自然なくらいつながったんだと思う。紗季さんは巻き込まれたんだって」

秋山が怒鳴り込んできた時のことを思い出した。

あれはただの感情論ではなかったのだろう。ただ、それがなにを示すことになるのか。

抗麻薬ワクチン開発を妨害する者……それが水城なのか？

ならば麻美を拉致したのは水城ということになるが、そうなると、水城が出資していたクリニックを紗季が訪れていた理由がわからない。兎束が考える通り、もしあそこで臨床試験が行われていたのだとすると、水城はむしろワクチンの研究を支援していたことになるからだ。

どこかに推理を惑わす要素がある。ボタンのかけ違いか、どこかに嘘があるのか。

まずは、秋山から情報を入手する必要がある。

秋山は確かに日比谷公園にいたが喫煙所ではなかった。

ベンチに座り、池をぼんやりと眺めていた。その背中は、会社に戻りたくなくて時間をつぶす疲れたサラリーマンのようにも見えた。

「秋山さん、隣いいですか」

「いやだ」

声の主を確かめようとすらしなかった。まるで兎束が来ることを予知していたようだった。

「だがムラさんには話がある」

中村は中村で、こうなることを予期していたようだ。思えば、ずっと冴《さ》えない顔をしていたが、聞かれたくないことを聞かれることがわかっていたのかもしれない。

「なんだい」

それでも中村は平静を装った。

「組対は何をたくらんでいるんだ」

「なにって……なんのことだい」

秋山は両膝に手を当てておもむろに立ち上がると、そこから素早い動きで中村の襟を両手で摑んでいた。

「水城を泳がせているだろう！　こっちがいくら情報を上げても無視しやがって！　なにを企んでいるんだ！」

兎束は無抵抗な中村との間に割り込んで秋山を押し戻す。そうしなければ二人とも池に落ちてしまいそうだった。

「どうしたんですか！　落ち着いてください！」

「落ち着いてくださいって言って、落ち着く犯人がこれまでいたか？　ああん！」

なぜ矛先がこちらに来るのかと思いながらも、必死でなだめた。

なにしろ周囲は憩いを求める会社員や官公庁職員がたくさんいる。警視庁の膝元で騒ぎを起こせばなにを言われるかわからない。

「中村さんは話すって言ってますよ、でも摑んでたら話せないでしょう」

中村は驚いたようだったが、兎束に付いてきたのは、はじめからそのつもりだったのだと思った。

秋山の揺さぶりが止まり、ベンチにどっかりと座った。その横に中村が腰を下ろす。兎束は斜め前に立った。

「やっさん、ガサ入れの時のことを覚えているかい。大成功だったけど確保できなかったものがある」

「……金《きん》か」

兎束は思わず口を挟んだ。

「今の価値なら十億くらいになるかな」

「じゅ、十億ですか？」

中村は乱れた襟を正しながら言った。

「中国マフィアと取引するために鶴島会が準備していたもので、関連施設に踏み込んで隅々まで探したけど見つからなかった。組対はこれを確保したいと考えているんです。それを元手に組織が復活しないようにね」

秋山は印象的なギョロ目を、いまは細めていた。

「手入れのドサクサで、水城が金塊を奪ったんじゃないかと踏んでる」

秋山が捜査二課で水城の財産を調べていたのはそのせいかと納得する。

「それで泳がせてんのか」

秋山は中村をひと睨みする。

「ああ、だけど、これは紗季さんの一件とはまったく別だよ」

「なんで言い切れるんだよ！」

秋山は紗季の死に水城が関わっていると考えているようだ。

「水城の出資する会社に紗季が来た時点で怪しいと思うだろうが！　なんで俺に言わなかった！」

「金を追っているのは別の班だ、僕も知らなかった」

「紗季の死は止めることができたんだよ……」

最後は寂しそうな声だった。

ここではっとする。

「幹部たちが、本件で一番事情を知っているであろう秋山さんを捜査本部に入れないのって、そういうことですか」

「まあそうだろうな。連中は捜査する上で俺の存在が邪魔なんだよ。正常な判断ができないと思われていて、無茶して組対の動きが伝われば金塊を追えなくなると危惧《きぐ》しているんだろう」

二十歳そこその女性会社員が隣のベンチに座った。小さなランチボックスを手にしている。

兎束は歩きながら話そうと手で示し、二人もそれに従った。ランナーが通り過ぎるのを待ってから秋山に向き直った。

「秋山さんが私に紗季さんの一件を捜査するように言ってきた時、そこまでは話してくれませんでしたよね」

秋山はどこか吹っ切れたのか、苦笑してみせた。

「ああ、先入観なしに捜査してほしかった。それで一課長さんに相談したら、お前を担《かつ》げと」

「え、話を通していたんですか」

「ああ。だけど嫌われ者になりたくないから、まずは俺から話せと。ただ、お前を見込んでのことだ」

一課長も人が悪いな、と兎束はため息をついた。

公園をぐるりと回り込んで皇居に向かって歩く。

確かに、麻美と紗季の身になにが起こったのかを考える上で、水城の存在は気になる。

麻美は複数人の男たちに見張られていたと証言したが、その拉致犯が元鶴島会の者たちという可能性は高い。だが水城が関わっていたとなると、話を一本の筋道にすることが難しい。

水城が麻美を拉致する理由がわからないからだ。

麻布クリニックで研究を継続していたことを話されたくなくて拉致した……というのは違和感があった。

兎束はふと思った。

センパイの意見を聞きたい。そしていつものように突き刺すような眼差《まなざ》しとともに答えに導いてほしい。

そのセンパイはよく言っていた。

――兎束、質問する前に自分の頭で考えろ。自分の違和感を、他人の考えで簡単に潰すな。考えろ。

兎束は冷たい空気を吸い、脳に酸素を送り込んでから、一歩前を歩く昭和のオッサン刑事に声をかけた。

「秋山さん、疑問があります。先ほどの件、詳しい話を聞かせてもらえますか」

秋山はなにかを待つように空を見上げた。

自分の態度に問題があるのか、と考えて付け加える。

「お願いします」

しかし秋山は答えない。

どうやら〝同じページ〟を開いていることを確認したいようだ。お前の推理を話せ、と。

ひと呼吸おいて、兎束は口を開いた。

「紗季さんは自分の意志で覚醒剤を打ちショック状態となって死亡した――という見立ては間違っています。なんらかの事件に巻き込まれ、覚醒剤を打たれることになった。その背後には水城が絡んでいる」

秋山は片眉を吊り上げながら兎束の顔を凝視すると、また前を向く。

「では疑問とやらを聞かせてもらおうか」

扉を開けるための〝秘密の呪文〟を答えさせられるようだった。

「紗季さんは抗麻薬ワクチンの治験に参加していましたが、その際に知り合った滝本准教授の計らいで麻布クリニックの仕事を紹介され、何度か通っていた。まずこれがすべて疑問です」

秋山は答え合わせをする教師のように質問をする。

「どこが疑問なんだ。お前は覆す情報がない限り否定しないと言っていたよな？」

「ええ、ですが覆せないだけで、大いに疑問です。仕事を紹介するにしろ、なぜ生活拠点から離れた麻布クリニックなのか。そのクリニックも再開準備中だったとはいえ、その気配が感じられませんでした。さらに紗季さんは新薬の被験者ということでしたが、滝本准教授と富嶽製薬との共同研究は終了していて、暴力団と関わりのあった水城がクリニックの経営に名を連ねている……。不自然なことだらけです」

肩越しに向けられる秋山の目は、お前の考えを言えと語っていた。

「水城はなんらかの理由で滝本さんと紗季さんを引き合わせる必要があり、その場所として麻布クリニックを用意した」

秋山は合格だ、というように頷いた。

「俺は、結局のところ、この一件は、鶴島会破滅のきっかけになった麻薬の取引事件まで遡ると思っている」

当時、秋山は中村とともに組対の捜査員として鶴島会を追っていた。そこで大規模な麻薬の取引についての情報を掴む。鶴島会は中国マフィアから大量に仕入れる麻薬の支払いとして金塊を渡すことになっていた。

鶴島会は金を積んだ車、マフィアは麻薬を積んだ車をそれぞれ別のコインパーキングに停《と》めておき、お互いの車に乗って立ち去るという計画だったが、突然、鶴島会が取引の停止を申し入れてきた。その直後、マフィア側は車を張り込んでいた組対によって摘発される。

マフィアははめられたと怒り、鶴島会は裏組織で孤立し立ちゆかなくなる。報復と思われるタレコミが相次ぎ、組長をはじめ幹部らを摘発するのは容易かったようだ。

秋山が紗季を保護したのは、タレコミによる関連施設をガサ入れした時で、買春の斡旋をしている拠点だった。

「鶴島会が取引を中止したのは、張り込まれていることを察知したからですよね？」

「逮捕された組長は取引そのものを否定しているが、得られた情報を総合すると、取引の直前に金塊を積んだ車ごと盗まれたらしい。はじめは金塊をどこかに隠し、出所後に回収するつもりだろうと思った。しかしどこを捜索しても出てこなかった」

ここで中村が話を継いだ。

「だから我々は思い始めたんだ。取引前に車を盗んだのは水城ではないかと」

「水城が？」

「ええ、水城なら事前に車の合鍵を用意することは可能だったろうし、鶴島会の古いやり方に嫌気がさしていたんじゃないかと。実際、水城の考えに追従《ついしょう》する組の連中も少なくなかったし」

「しかし、水城の資産記録にそのような動きはないんですよね」

秋山は頷く。

「コンサルタント業が順調とはいえ、実収入は千五百万をやや超えるくらいだ。高所得者ともいえるが、十億の金塊を持つ者の暮らしぶりじゃない」

「つまり、水城も金塊を持っていない？」

「金の価値は上がり続けているから、老後に備えて寝かせているという可能性はある。だが、現在の価値で十億になるなら、ちょっとくらい使うだろ、普通」

「それで組対は、水城を泳がせて行動を監視しているんですね」

中村は頷いた。

「ほとぼりが冷めるのを待っているだけという可能性もあるからね」

日比谷公園の北端、明治時代の名残であるアーク灯までやってくると、青信号に導かれるように道を渡り、日比谷濠《ぼり》にそって歩いた。

「それで水城の逮捕は？　鶴島会の経営に関わっていたんですよね」

秋山が悔しそうな顔をする。

「水城自身は鶴島会に属していたわけではないし、悪事に関わった証拠もなかったから参考人で話を聞けたくらいだ。しっかり自分の身を守れるように予防線を張っていやがったんだ」

「面識があるんですか」

ギョロ目の端がぴくりと跳ねた。

「ああ、聴取をしたからな」

「どんな男です」

「コンサルタントとしての能力は高いようだし、頭も切れるんだろう。だがその切れる頭を悪事に使うやつだ。野心的というか、狡猾《こうかつ》というか。シンプルに言えば、ムカつくやつだったよ」

その表情を見て、聴取では丸め込まれたのだろうか、と想像した。

「その水城が再び現れたわけですね。秋山さんからみたら偶然とは思えない」

「ああ。紗季、水城、滝本、そして麻薬。つながりはまだ見えないが、無関係だと切り捨てることはできない」

目下のところ、気になることはひとつだ。

「滝本を拉致したのは、水城だと思われますか？」

「どうだろうな。裏で糸をひいていてもおかしくないが、理由がわからん」

「ならばクリニックも」

「ああ。水城が出資したのも、悪事に使うためで、なんならクリニックを再開する気なんてなく、紗季が行っていたのは別の意図があったのかもしれない」

兎束はふと足を止めた。

「どうしました」

中村が心配な顔を見せた。兎束がぎゅっと目を閉じ、歯を食いしばっていたのでどこかが痛むと思ったようだった。

だがもちろん具合が悪いわけはない。兎束の脳内で舞い上がっていたさまざまな思考が収束していくような感覚、そのエネルギー消費に伴って呼吸が止まるような苦しさがあった。

兎束は額の汗を拭《ふ》いた。

すぐ横に中村、三メートルほど先に秋山がいて、二人とも不思議そうな目で兎束を見ていた。

間違いない。兎束は確信した。

「やはり、治験だと思います」

「なんだって？」

すぐ横を通る車のノイズで聞こえなかったのか、秋山が近づいた。

「滝本准教授は、紗季さんは抗麻薬ワクチンの治験者だと言っていましたが、富嶽製薬のリストにはありませんでした」

「あのクリニックで抗麻薬ワクチンの治験を継続していたってことか？」

「はい。高島さんは、富嶽製薬との共同研究が終わったあと、あのクリニックで治験を続けていたのではないでしょうか。大貫は場所を提供していましたが、おそらく厚労省のガイドラインからもはずれた行為だと思います。未許可の医療行為と見なされると法に触れる可能性があったため、嘘をついていた……だから嘘が混ざっていて、よくわからない状況になっていたんです」

「紗季が広尾に行っていたのは、そのためか」

「経緯はわかりませんが、研究を打ち切られた滝本准教授には心残りがあったはずです。そこに場所と治験者を提供すると言われたら」

「それが水城か」

「はい。あの医院長は単なる管理人のような存在なのかもしれません」

手持ちの情報を整理整頓して見えてきたのは、そんな光景だった。

「ただわからないのは、水城がどうして抗麻薬ワクチンの研究を支援するのかということです」

「確かにな。だが水城のことだ。麻薬ビジネスに見切りをつけて、新たな金のなる木を見出したのかもしれないな」

「叩きますか、院長を」

兎束が言うと秋山が興味深そうな顔を向ける。

「慎重派のお前がそんなことを言うとはな。そもそも俺は捜査から外されちまってるんだぜ？」

「一課長には、秋山さんから話を聞いてくる、と断ってきました。ただし、どこで話を聞くとは言っていません」

秋山は笑いながら腰を叩くと、地下鉄の駅に向かって歩き始めた。

一旦本庁に戻るという中村には、いまの話はまだ伏せておくように頼んだ。組対が金塊のありかを探るために水城を野放しにしていた後ろめたさもあってか、別れ際に、口チャックをする仕草を見せた。

日比谷から広尾までは、地下鉄日比谷線で、十分ほどで着いた。

そこから紗季と同じように三番出口から外苑西通りを歩く。

紗季はどんな気持ちでここを歩いていたのだろうか。強要されたのか、言葉巧みに騙《だま》されたのか。

そして、紗季は未来への希望を抱いていたのだろうか……。

そんなことを考えるうち、クリニックに着いた。正面のガラスドアを開こうとするも鍵がかかっていた。

「やはり再開するなんて嘘ですかね」

「だろうな」

裏手に回ってドアをノックする。

「大貫さん、いらっしゃいますか」

反応がない。帰ってしまったのだろうか。

ドアノブを引いてみると、あっさりと開いた。

「お、でかした」

秋山は体つきに似合わず、猫のようにするりとドアの隙間から中に入った。

「ちょ……ちょっと」

「ただの確認だよ」

ウインクをして見せる秋山に続いて、兎束も続いた。

「院長さーん、警察ですよー」

秋山は声をかけながらドアをひとつずつ開けていくが人気《ひとけ》はない。最後に施術室と書かれた一番奥のドアを開けて息を呑んだ。

「まいったな、こりゃ」

秋山が頭に手をやりながら呟いた。

院長はそこにいたのだ。

ただし胸を真っ赤に染め、すでに事切《ことき》れていた。


「どういうことか説明しろ」

クリニック前には規制線が張られ、多くの捜査車両が集結していた。その一角にマイクロバスを改装した移動指揮車があり、兎束と秋山は福川一課長の冷たい声を聞いていた。

「秋山警部補と意見交換をしていたところ、滝本麻美および高島紗季の足取りで不明な点が出てきました。そこで院長から話を聞こうと思いクリニックを訪ねたところ遺体を発見しました」

「ちょっといやな予感がしてね。入ってみたら、もう、びっくりで」

秋山め、頼むから黙っていてくれと、兎束は苦虫を嚙み潰した。

「で、なにかわかったのか」

福川は冷静さを保ったままだ。

「死人から話は聞けませんからね、なにもわかりません」

兎束は聞こえるようにため息を漏らした。この男には場を丸く収めるという考えはないようだ。

「営業実態のない美容整形クリニックをアジトのように使い、滝本さんが監禁されている可能性も考えたのですが、特になにも出ていません」

兎束の補足説明に、一課長は眼鏡をテーブルに置き、目頭を摘《つま》む。

「誰のアジトだ」

「水城です」

「根拠は」

「クリニック破綻後に出資し、事実上のオーナーです」

「水城はここでなにをしていた」

兎束は秋山を横目で見て、それから言った。

「製薬会社と共同で行っていた抗麻薬ワクチンの治験は打ち切られましたが、その後、滝本准教授はここで密かに研究を続けていたと考えています。その治験者が高島紗季です」

「〝水城のアジト〟でか？」

「はい、その通りです」

福川は眉間を指で揉《も》んだ。

「やれやれ、秋山の毒にやられたか」

「不本意ではありますが、現時点で唯一つながるスジです」

「不本意とはどういうことだ、ふざけんな」

秋山は言葉とは裏腹に愉快そうに笑い、福川は苦々しさの混ざった表情を返した。

「それでは、院長は誰に、なぜ殺されたんだ」

「それがわかれば苦労しませんて。なにしろ、俺は〝公式〟には捜査に加えてもらっていないんでね」

悪びれる様子を微塵《みじん》も見せない秋山に、福川はボールペンを激しくノックしながら秋山と兎束の交互に視線を走らせた。

その音がぴたりと止まる。

「これからどうするんだ」

秋山は鼻を鳴らす。

「水城本人に聞くしかねぇだろ、こうなったら」

福川は秋山の横柄な口ぶりにも表情を変えなかった。秋山の目になにかを感じとったようだ。

「おまえらで大丈夫なのか」

大丈夫です、と答えたあとに、兎束はふと気づいた。

おまえら――?

いつの間にか秋山とコンビを組まされることになっていた。

6

水城のオフィスは表参道にあった。地下鉄駅を降りて青山通りに出ると、外苑方面に三分ほど歩く。

その交差点の角にある喫煙コーナーに見覚えのある、まるっこい体の男を見つけた。

「あれ、中村さん？」

中村は一瞬しまった、という顔をしたが、すぐに柔和に戻る。

「や、やあ、これはこれは。今日は何の用で」

「これから水城に会いに行くんです」

「あ、オフィスはこのへんなのか」

ふと隣の秋山を見ると、ゆっくりと深呼吸をしている。

「秋山さん？」

すると秋山は中村を睨みつけた。

「おい、てめぇ……」

中村は笑みを取り繕《つくろ》う。

「違うって、ほら、電子だよ電子」

そういって電子タバコを見せる。

「それは禁煙破りじゃねえのか？　ああん？」

そこでふと気づいた。ヘビースモーカーであるはずの秋山が、これまでタバコを吸っているところを見ていない。

「実はやっさんと禁煙しようってことになっていたんだけど……電子ならいいかなって」

聞けば秋山も中村も娘がいるが、タバコの臭いが我慢できないからと距離を取られ、禁煙を決意したらしい。

中村は頭を掻きながら、ごめんごめんと謝る。だがひとしきり謝ったあとに最後のひと吸いをした。

それが秋山には気に入らなかったようだ。

「絶交だよ、裏切り者！」

立ち去りかけて、また戻る。

「まあ、一本くれたら許してやるよ」

「だめですよ」

兎束は立ちはだかって、喫煙コーナーから遠ざけた。

「ほら、あそこです、水城のオフィス。行きましょう」

「クソ水城がぁ」

よくわからないテンションになってしまった秋山を、本来のルートに戻す。

水城のオフィスは一階にコーヒーのチェーン店がテナントとして入っている瀟洒《しょうしゃ》なビルの十三階にあり、天井から床まで伸びる窓ガラスに囲まれた明るい部屋だった。

受付嬢に要件を伝えると、待合室に通された。秋山は片隅にあったコーヒーマシンを勝手に使い、優雅に街並みを見下ろしている。

二十分ほど待たされ、ようやくドアが開いた。高級スーツを嫌味なく着こなした男だった。

「お待たせいたしました、水城でございます」

浮かべる笑みはハーバード仕込みか。秋山から聞いていた印象と大きくは外れていない。体から自信が溢《あふ》れ出すような雰囲気を纏《まと》い、その笑みはどこか好戦的にも見えた。ディベートでさんざん相手を打ち負かしてきた論客なのだろう。

四十五歳ということだったが、鍛えているのか体つきの良さがスーツを通してもよくわかった。

話は兎束がすることになっていた。水城の記憶にあるかどうかわからないが、一度面識がある秋山よりは、中立的な会話ができると思ったからだった。

「お忙しいところ申し訳ありません。現在、我々が追っている事件につきましてご協力をいただきたくて参りました」

「もちろんです。どのようなことでしょうか」

兎束は手持ちのカードをどの順番で切るべきか吟味していた。

「広尾のお友達が殺されたぞ」

それなのに秋山が兎束の思慮を無視して、まるでプロ野球の結果を伝えるかのような気軽さで言った。

さっきの打ち合わせはどうした、と兎束は絶句する。

「ええ、さきほど一報を受けております。院長とは最近は会うこともありませんでしたが、残念です」

「聞きたいのは犯人についてなんだが、あんたに心当たりがないかなって」

兎束は目を丸くする。

秋山はとりあえず引っかき回してなにかが飛び出してくるのを待つという作戦なのだろうか。

「なぜ私が？」

「いろいろ裏の世界に詳しいだろうと思ってね」

「それは聞き捨てならないですね」

「捨てようが捨てまいが、俺には関係ねぇが……」

秋山はテーブルの上に置かれた灰皿に目を止めた。

「ここは禁煙じゃねぇのか」

「え、ええ。やたらと健康志向が流行っていますが、私は留学時代からシガーバーを社交場として捉えていたので、いまでもほどほどに嗜《たしな》みますよ」

灰皿を凝視する秋山を見て戸惑いながらも、水城はデスクの引き出しを開けて金色のシガーケースを取り出すと、吸い口がゴールドの、いかにも高級そうなタバコを一本差し出した。

「よかったらどうぞ。イギリスのトレジャラーです」

秋山はなにかと闘うように唸っていたが、ぐっと顔を上げた。

「いやー、こっちのシケモクをもらうよ」

そう言って吸い殻をひとつ摘み上げた。

「それに、そんなもんもらっちまったら賄賂《わいろ》になるだろう。まあ、お前さんには当たり前かもしれないがね」

水城はここで思い当たったようだ。

「あなたは……いつかの刑事さんでは？」

広げた口からインプラントの白く輝く歯並びが覗いた。敗者と再会して余裕を見せる勝者。そんな構図だった。

「刑事さんは私が過去に鶴島会のコンサルタントを請け負ったことを仰っている」

「ああ、そうだ」

「あの時も申しましたが、私がお話ししていたのは若頭補佐の方で、それもあとで知ったことです。それに、彼らが合法的な道を探す、その仕事を手伝うのは悪いことでしょうか。彼らが商店で飲み物や食べ物を買ったとしたら、その店主は犯罪者ですか？」

屁理屈と正論の差は紙一重だな、と兎束は眉根を寄せた。

「それは悪いことじゃねぇさ、合法的だったらな。ただ、人に言えないようなことを他にやってたかもしれねえだろ」

兎束は割って入る。どういうつもりかしらないが、これ以上こじらせたら聞けることも聞けなくなる。

「あの、すいません。お尋ねしますが、高島紗季さんという女性をご存じでしょうか」

水城はさっきまで見せていた白く輝く歯を隠すように口をへの字に歪めていた。

「いえ、知りません」

唇をほとんど動かさずに答えた。

「では滝本麻美さんという方は？」

「知りません。どういった方々なんですか」

どちらも即答だった。

「ひとりは死んで、ひとりは行方不明だよ」

またしても秋山が入ってきた。兎束はすぐに言葉をかぶせる。

「説明します。そのお二人は、あなたが出資された麻布クリニックに通われていました。そこでなにかご存じではと思ったのです」

「なるほど、興味深いですね。刑事さんが私をお訪ねになった理由がわかりました。それに、ビジネスとはいえ反社会勢力と関わりがあったのも確かなので、お疑いになる気持ちもわかります」

水城は大きな窓の外に目をやったあと、両手を広げ、部屋を歩きながら続けた。それはスティーブ・ジョブズのプレゼンテーションを気どるようでもあった。

「しかしながら、クリニックに出資したのはあくまでも投機目的です。マーケティングの結果、収益の面で魅力を感じたのです。現地に行ったのは一度だけで、クリニックの運営はドクター大貫に任せていました。餅は餅屋というわけです」

秋山は大袈裟に笑った。白々しい、と言いたげなその声は、水城の神経を逆撫《さかな》でするような悪意に満ちながら、室内で反響した。

ノックの音がして、ドアが開く。

「社長、大丈夫ですか」

騒ぎを聞きつけたのか、盛り上がる筋肉が透けて見えそうな男が顔を覗かせた。水城のボディーガードといった感じだ。

「あらら、お前……みたことあるな、鶴島会だろ」

秋山はずけずけとその男に歩み寄ると、至近距離で頭から爪先まで何度も視線を往復させた。

「まぁでも中途半端な役廻りだったから、いまいち印象が薄いんだわ、お前。あー、加藤《かとう》だな。そうだろ」

加藤と呼ばれた男は無言で秋山を見返している。どうやら当たっていたようだ。

「ああ、大丈夫だ。下がっていてくれ」

加藤は訝しむような顔を残し、部屋から出ていった。

「なんだなんだ。あぶれた組員を囲ってお山の大将気取りか？」

水城が眉を跳ね上げた。

「これ以上は名誉毀損《きそん》で訴えますよ」

「だってよ、事実じゃねぇかよ」

「暴力団員が社会復帰する難しさは刑事さんが一番ご存じでしょう。銀行口座すら作れず、就職もできない。それが原因でまた悪の道に戻る者も多い。そうさせまいと、一度は鶴島会と関わった者の責任として、その支援をしています」

「再び罪を犯してしまうのは、社会からの拒絶や孤独によると言われていますからね」

兎束が言うと理解者と見たのか、同意を得るかのような視線を向けた。

「秋山さん、今日はここまでで」

「あいよ」

秋山はすんなり背を向けると、あいさつもせずに出ていった。

「水城さん、秋山が失礼いたしました」

ミントタブレットを立て続けに三粒口に放り込んだ水城は、まったくですよ、と憤った。

「あの人は私に個人的な恨みでもあるんですかね」

「八王子で亡くなった被害者が知り合いだったということで熱くなっているんだと思いますが、御気分を害されたのでしたら代わってお詫びいたします」

「いやぁ、まったくですね。感情的になられても困る」

「そうですね。ひとりが酔っ払えば、もうひとりはシラフになるようなもので、本当ならこっちが感情的になりたいくらいなのに」

訝しみの表情を向けた水城に、兎束は向き直る。

「ニュースでも報じられているのでご存知だと思いますが、私の同僚が襲われましてね、まだ意識不明なんですよ。同一犯の可能性を疑っていますが、私は、関わった者を絶対に許さない」

そう言って水城をひと睨みすると、その場を辞した。

腕組み姿の秋山がエレベーターのドアを背中と足で押さえながら待っていて、兎束の姿を見てにたりと笑いながら一階のボタンを押した。

「あーあ。お前まで啖呵《たんか》を切っちまったら作戦が台無しだろう」

「作戦とはなんのことですか」

「〝良い警官・悪い警官〟だよ。俺が悪者になれば水城はお前に気を許すだろ。それで話を聞きだそうってことだよ」

「そういうのははじめに言ってください」

それでも秋山は嬉しそうだった。

「お前もクロだと思ったんだな」

「確証はありません。ゴールは見えているのにその道のりが見えない。そんな感じです」

「それなのに言っちまったんだな」

水城と話していると、なぜだか胃の裏側あたりから違和感が沸々と込み上げてくるような感覚があった。まったく論理的ではないが、それを説明する言葉はひとつしか思いつかない。

「刑事のカンですよ。非論理的な細い線であることはわかっていますが、毛利さんは血を流したんです。滝本さんも危ない。焦りもします」

確証はない。しかし単なる当てずっぽうでもない。まだ意識できてはいないが、脳内に蓄積された数々の情報のベクトルが水城を指し示している気がしたのだ。

「で、二人して引っ掻き回してよ、なにも出て来ない場合、打つ手はあるのか?」

「いえ、ありません」

らしくねぇな、とまた笑った。

「秋山さんには手があるんですか」

秋山は頭を掻きながら言った。

「ここからは秋山流だが、ついてくるか？」

「もちろんですよ」

「絶対に文句言うなよ」

秋山は人差し指を兎束の鼻先に押し当てて念を押した。

秋山と共に向かったのは足立区小菅《こすげ》にある東京拘置所だった。過去にも来たことがあるのか、慣れた様子で面会の手続きを行う。瀬間《せま》という男を呼び出すようだ。

「誰ですか、瀬間って」

面会室で相手が現れるのを待ちながら聞いた。

「鶴島会の組長だよ」

「組長？　どうしてまた」

「いいから見てろって。それから口を挟むなよ」

そこに舎房衣《しゃぼうい》姿の男が現れた。瀬間は七十に近い年齢で、収容されて二年近くになる。痩《や》せており、膚《はだ》の色はくすんでいる。しかし窪んではいてもその目には長年堅気の世界から離れ、裏社会の組織の長を務めた者の迫力があった。

「誰かと思えば秋山さんかい」

瀬間は聞こえるように舌打ちをした。

「覚えてくれて嬉しいねぇ」

「ああ、組をぶっ潰してくれた張本人だからな、あんたは。でもなにかヘマしたんだって？いまは別部署の隅っこに追いやられたって聞いていたが？」

「ああ。だがその隅っこってやつが居心地良くてなぁ。のんびりやらしてもらってるよ」

捜査二課は決して『隅っこ』ではない。むしろエリート集団だ。

「で、組対じゃねぇのになんの用だ。このアクリルがなきゃ、その胸ぐらを摑んでるところだ」

瀬間は鼻で笑いながら、指先で二人を隔てる透明な板を叩いた。

「古希《こき》のじいさんの割に威勢がいいな。まあいいことだ。でよ、聞きたいことがあってな。水城のことだ」

瀬間の片眉が大きく吊り上がる。

「あのインテリがどうした」

「そいつは言えねぇがよ、あんた、あいつのことどう思うね」

「煮え切らねぇな。本気で聞きてぇなら本気で来いや」

どうやら瀬間は水城に対していい感情を持っているわけではなさそうだ。

「煮え切りたいのはヤマヤマなんだがな、実は俺にもわかっていない」

「ああん？　なんだよ、それ」

「あいつが良からぬことを企んでいることはわかっている。恐らく麻薬がらみだ。あんたの組も麻薬がらみでヘマこいたろ。だからなんか心当たりはねぇかなってな」

瀬間は立ち上がると椅子を蹴り飛ばした。刑務官が駆け寄ってくるが、秋山はガラス越しに制した。

「ヘマと言ったものの、あれはあんたらしくないとも思っている。あんたは昔気質の古いタイプのヤクザだが、肝は座っている。取引の現場でアタフタするような男じゃない。あれは、水城に担がれたんじゃないのかい？」

瀬間は刑務官に頭を下げ、自ら椅子を引き寄せるとまた秋山の前に座った。

「何を知ってる？」

「いやー、単なる噂だ。あんたは、取引失敗の原因を作ったのは水城だったと疑っていて、獄中から鶴島会の残党に指示を出して水城を探らせている――とかよ」

瀬間の眼がぎょろりと剝かれた。その目に向かって秋山は続けた。

「ヤクザは所詮《しょせん》ヤクザ。捜査のイロハを知らねぇ。片っ端から腕ずくで吐かせようとするのが精一杯だろ。そしたらいやでも耳に入ってくるよ」

「けっ、地獄耳かよ」

秋山はぐっと顔を近づける。

「どうだい、ここは協力しねぇか」

「ああ？」

兎束も思わず声を上げていた。

「秋山さん、どういうことですか。そんなことを勝手にやって、ただで済むわけないじゃないですか」

秋山が呆れ顔で振り返った。

「おいおい、文句は言わない約束だろう」

「決められた捜査手順を踏むならの話ですよ」

「他に手があるのか？　気に入らないなら早く出ていけよ。あとは俺ひとりでやる」

「違いますよ、事前に許可を得るべきだと言っているんです」

秋山は、ちょっとすまんな、と瀬間に言うと兎束に詰め寄り、部屋の隅に追い詰めた。

「てめぇ、ごちゃごちゃ言っているが、結局はヤクザと働くのがいやなだけだろう。社会のバイ菌とでも思っているんだろうな」

「そうは思っていません」

「クリーンなやり方でしか真相を摑んではならないと思っているようだが、真相にクリーンもダーティもねぇ、ひとつだ。なら近道させてもらうよ、行方不明の准教授もいるからな、急がなきゃなんねぇんだろ?」

秋山の肩越しに、瀬間がにやにやしながら様子を窺っているのが見えた。

拉致から四日が経過する麻美のことを考えると一刻も早く情報が欲しい。だが……。

「物事の順序の話です。一課長に一本電話をするだけで済む話じゃないですか。状況が状況ですから、許可してくれるはずです」

「そいつは、どうかな。一課長だってよ、ほんとはやってほしくても、立場上そうは言えねえってこともあるだろ。あとでお叱りは受けるだろうが、結果を出せば心では感謝してくれるさ」

瀬間の元に戻ろうとする秋山の腕を引っ張る。

「協力って……見返りになにを約束するつもりなんですか」

「お前さ、やっぱり帰れよ」

「そういうわけにはいかないですよ」

「なら黙ってろ。その二択だ。どうしても我慢できなきゃ一課長に告げ口しろ。だがな、言っておく。待ってるだけじゃ解決しねぇぞ、今回の事件。それはお前も薄々感じているだろう」

「私はただ、理解するには情報が必要で、それを得るためには正規の手順を踏むべきだと言っているんです」

秋山は磁石が反発するように、パッと突き放すと、両手を広げてみせた。

「まあ、どうするかはお前が決めろ」

それだけ言って背を向けた。

瀬間は秋山が座ると、珍しい動物を見るような目で兎束を見た。

「なかなか面白いあんちゃんだな」

「それが扱いづらくてかなわんよ」

そんなことを話している。

兎束は鼻息を吐くと、秋山の隣に座った。毒を食らわば皿までの心境だった。

「さて、役者が揃ったところで話の続きだ」

瀬間の目が邪な光を帯びる。

「協力するって言っていたが、ギブアンドテイクってことでいいんだよな」

「ああ、もちろんタダで教えてくれとは言わない」

「刑期を早めてくれるのか」

ハッ、と秋山は冷笑してみせる。

「それはできない相談だ。わかってんだろ」

「じゃあ監獄にとらえられた俺を喜ばせるものってなんだ」

秋山は、アクリル板に鼻先が触れるほどに顔を近づけた。

「情報だ」

瀬間も同様に身を乗り出す。

「なんのだ」

「あんたは監獄の中から鶴島会の残党を操っている。それは鶴島会を崩壊させた犯人を探しているからだ」

「組を潰したのはあんたら警察だ」

「本当はそんなことを思っていないだろ」

「どういうこったよ」

「俺らがなぜ麻薬取引の現場にいたのか、不思議だろ」

瀬間は背もたれに寄りかかると、値踏みをするような目をする。

「タレコミがあったと聞いたが？」

「そう、タレコミ。それも、やけに詳細なものだった。さて、はたしてこれは誰が送ってきたのか？」

「誰だ、それが水城だっていうのか」

「あんたも、実はそう思っているんじゃないのか？」

「茶化《ちゃか》すなよ、はっきり言え」

秋山は手首を返し、人差し指をクイッと曲げてみせた。瀬間は再び前屈みになる。

「警察の、とある裏情報をやる。警察内部でもまだ知られていないレア情報だ。いまウラ取りをしてるところだが、公になれば、まあ大騒ぎになる」

「それだけじゃわからねぇよ」

「鶴島会とも大いに関係あるとだけ言っておくよ」

瀬間は大仏のように細めた目で秋山をしばらく観察してから言った。

「で、お前は何が知りたいんだ」

「水城は拉致監禁事件に関わっている可能性が高い。そのアジトの情報が欲しい。それから水城のすべてだな。隠したいことがある者ほど表を綺麗に取り繕ってやがる。その裏を知りたい。いままで、あいつはどこでなにをやっていたか」


拘置所を出た兎束と秋山は、小菅駅ではなく足は自然に荒川に向かっていた。

拘置所の中は、やはり空気が澱《よど》んでいたようだ。犯罪者から吐き出される空気は兎束にとっては毒ガスに等しく、その空気を吸い込むたびに息苦しくなっていく思いだったが、こうして開けた場所の空気は冷たくも気持ちよかった。

遠くに見える東京スカイツリーを眺めながら秋山に言った。

「大丈夫ですか、警察の情報を渡すなんて言って。もしあいつらがその情報を使って新たな犯罪を起こした場合、面倒なことになりますよ」

幇助《ほうじょ》したと言われても弁明できない。

「うまいこと調整するさ」

「それに本当なんですか。水城が鶴島会を崩壊させたきっかけを作ったって」

「知らん」

「ええ？」

「前に別件で引っ張ったチンピラが言ってただけだ。だがヤクザらの情報網は馬鹿にはできんぞ。食いっぷちにあぶれたヤクザ者は金になるものなら何でも売るからな。その中には捜査では得られない情報もある」

「それが水城？」

「鶴島会崩壊に水城が一枚噛んでる可能性があり、瀬間もそう疑いながらも手を打っていない」

「証拠がない？」

「ああ、それと目的もな」

「組を壊滅させる目的……まさか金塊」

「ああ。しかし、なんらかの理由で水城も金塊を手に入れられていない」

「じゃあどこに？」

秋山はお手上げのポーズを取る。

「知らん。だが、瀬間と組対は三竦《さんすく》みで金塊のありかを狙って動いているわけだ。想像したら面白いな」

「面白いですか？」

「ああ、十億の金塊の争奪戦だぞ。俺も加わりたい」

「秋山さんが金を見つけたら、少し減っていそうですね」

愉快そうに笑う秋山の横で兎束の胸ポケットの中でスマートフォンが振動した。見ると木場だった。

「お疲れ様です」

要件を聞いた兎束は腰が砕けたように雑草の上に尻餅をついてしまった。いつもならスーツが汚れる、バイ菌だなんだと騒いでしまうが、いまは擦《こす》れた草の匂いが心地よかった。

「どうした、大丈夫か」

通話を終わらせた兎束に秋山が聞いた。

兎束は息を大きく吸った。

「毛利さんが、意識を取り戻しました」

恵美はすでに調布の病院の集中治療室を出て新宿の大学病院に転院し、個室に入ったという。しかもただの個室ではなく、芸能人や政治家が使うようなＶＩＰルームで、この病院に三部屋しかないそのうちのひとつだという。

外来を通って四階へ。奥へ進むと病院らしかった雰囲気がシックなものに激変する。ホテルのそれに近い。その雰囲気に戸惑いながらも、恵美の親は資産家だったということを思い出した。

しかし、ドアの前に立って躊躇した。

ここに来るまでは喜びで満たされていたが、いまではその気持ちを罪悪感が上回ってしまっていて、胸が締め付けられるような思いだった。

どんな顔をすればいい。どう声をかければいい。

いくら考えても正解は見つからなかったので、兎束は覚悟を決め、ノックし、ドアを開けた。

そこに四十五度ほど起こしたベッドの背に身体を預ける恵美がいた。頭部の包帯や腕の点滴は取れておらず痛々しさは変わらなかったが、四十五度であっても体を起き上がらせていられることは、やはり嬉しかった。

しかし恵美は兎束を見ると、みるみる顔を歪ませていき、ぐしゃぐしゃにして泣き始めた。

「も、毛利さん、大丈夫ですか」

兎束は駆け寄って、迷った末に肩に手を置いた。

するとと恵美はさらに叫びはじめる。

「あっち行って！　いやだ！　出て行って！」

兎束は訳がわからず、戸惑い、ひとまず退出することにした。

廊下で待っていた秋山が無精ヒゲを撫でながら近付いてきた。

「ずいぶんと嫌われたみてえだな」

兎束は頷いた。

「よほど恐かったんでしょう。私が彼女に任せたことが原因ですから、トラウマになっていてもしかたがありません。いまはそっとしておいたほうが良さそうです」

「とりあえず、叫ぶだけの元気はありそうだからな」

「そうですね」

病室をあとにして廊下を歩いていると、声をかけられた。

「兎束さん、こんにちは」

声の主は澪だった。見舞いの花を花瓶に生けていたようだ。

その花束は恵美のものであることは間違いないが、澪のためにあるのかというほどに似合っていた。

「お見舞いに来てくださったんですか」

「はい、ですが、まだちょっと時間を置いたほうがいいかなと」

「え、どうしてです」

「その……泣かれてしまいまして」

「追い出されたんだよ、こいつ」

後ろで秋山が楽しそうに言った。

「ええ？　さっきまでケタケタ笑っていたんですが……」

それはそれで心配になる。情緒が不安定なのかもしれない。

「いずれにしろ、また改めます。ちょこちょこ顔を出させていただくかもしれませんが」

「ええ、もちろんです。姉は兎束さんのことが大好きですから」

どういう意味なのかわかりかねたので、兎束は曖昧《あいまい》な笑みを返した。

「では、これで失礼します」

兎束は澪と別れてエレベーターホールに向かう。

二歩後ろを歩く秋山の声が肩越しに聞こえてくる。

「お嬢ちゃんのところには、うちから他に誰か聴取に行くことになっているのか？」

「いえ、特に聞いていませんが」

「本当はお前のほうがいいんだろうけどな。話しやすいだろうし」

「そうなんですが、あの状況で無理やり聞いても得られる情報は少ないでしょうね。しかし、ゆっくりさせてあげたいですが、滝本准教授を一刻も早く救出しなければなりませんので、明日、もう一度行ってみます」

エレベーターのボタンを押した時だった。

「兎束さん！」

振り返ると、廊下の先で澪が手を振っている。

「姉が話したいそうです」

走ってきたせいか胸に当てた手が上下に動いているのがここからでもわかった。

「俺は先に戻るよ。お前だけのほうがいいだろうからな。じゃ、また明日」

秋山は肩越しに手を振って、そのまま降りて行った。

「なんか、急に我に返ったみたいで。すいません」

澪が頭を下げる。

悪くはないのに頭を下げる妹に対して、悪くても頭を下げない姉。本当に姉妹だろうかと思う。

「なんというか、気分がコロコロ変わってしまうみたいで。あ、でもそれは普段からですね」

澪が照れたように細い指で口元を覆う。兎束も釣られて笑ってしまう。

「では普段通りに戻ったってことですね」

「そうですね。でも……」

澪の細い唇の端が持ち上がる。

「たぶん、さっきは兎束さんを見て安心したんだと思います」

「出ていけと怒鳴られましたが……」

「天邪鬼《あまのじゃく》なんですよ」

そう言ってドアを開けた。

変わらず起こしたベッドの背にもたれた恵美が、大きなクッションを胸に抱えて顔を隠していた。

ちらりと兎束を窺い、包帯が巻かれた指をもじもじと動かす。

「あの、さっきはすいません。取り乱しました」

まだ痛むのだろう。ぎごちない動きで頭を下げた。

「ああ、無理しないでください。姿勢が辛かったら横になってもいいですから」

「四日も寝ていたんで、ちょっと起きていたいんです」

澪がベッドの横の椅子をすすめてくれて、兎束は腰をかける。

「大丈夫ですか」

「……珍しい」

兎束の目を覗き込んだ。

「え？」

「だって、ぴょんが他人を気遣うなんて。しかも割と本気で」

「他人じゃないですよ。かけがえのない大切な仲間です」

恵美が苦しそうに顔を歪めた。

「どうしました、大丈夫ですか」

「……くっせー」

「はい？」

「歯が浮くようなことを言うから気持ちが悪くて」

「ちょっと、お姉ちゃん！」

澪が諌《いさ》めるが恵美はとぼけた顔で窓の外を見ながら言った。

「お姉ちゃんはこれから仕事の話があるから、澪はちょっと散歩してきて。コンビニがあったらシュークリームとみたらし団子買ってきて」

「どういう組み合わせよ、それ」

「知らないの？　合うのよ。和洋折衷《わようせっちゅう》っていうでしょ」

はいはい、と言いながら澪はカーディガンを羽織ると、兎束に一礼して退室した。

兎束がその時に浮かべた笑みが口角に残っていたのか、恵美が藪睨《やぶにら》みをする。

「妹に手を出したら許さないから」

「ちょ、なにを言うんですか」

「まあいいや。積もる話はありますが、まずは滝本さん、どうなりました」

「まだ行方はつかめていません」

恵美が深くため息をついた。

「私がいながら……すいません」

「男四人です。しかも凶器を持っていた。毛利さんが無事だっただけでもよかったです」

「でも滝本さんが……」

そこで頭を押さえるような仕草をした。

「無理しないでください。話を聞くのはあとでいいですから」

「いえ、その時の様子を忘れないうちに話しておきたいんです。あたしの脳は、一晩寝るといやなことから忘れてしまうんです」

便利な脳だな、と思う。

「本当に無理しないでくださいね」

兎束は内ポケットからメモ帳を取り出し、組んだ足の上に置いた。

やがて恵美はぽつりぽつりと話し始めた。

恵美のことをがさつで大雑把《おおざっぱ》な性格だと評しているが、実は繊細《せんさい》さも併《あわ》せ持っている。襲われたときのことを淡々と、詳細に描写した。

襲ったのは男四人。そのうち三人の年齢は二十代後半から三十代。あとのひとりは四十半ばという。防犯カメラ映像と合致《がっち》している。

兎束が二人を残して部屋を出てから約二時間後、インターホンが鳴った。宅配業者だった。

「なにか買ったりした？」

警戒した恵美が聞くと麻美は首を横に振った。そこで聞き返す。

「差出人は誰ですか？」

『えっと……麻布クリニック様です』

するとに心当たりがあったのか、麻美は頷いた。仕事関係だろうかと思った。

用心のため、いま手が離せないので部屋の前に置いておいてもらえますか、と言って、しばらくしてからドアを解錠した。

すると突然ドアが引っ張られ、四人がなだれ込んだ。恵美は伸縮式の警棒を振り回しながらけん制し、滝本の前に立ちはだかった。しかし同時に多方向から襲いかかられる。正面の男は股間《こかん》を蹴り上げて悶絶《もんぜつ》させたものの、別の男に大腿部をナイフで刺され、怯《ひる》んだ隙に頭を殴打された。

「そんなわけで、ここからの記憶はありません」

恵美は側頭部を撫でた。

「拉致犯と滝本さんがマンションから出る時の防犯映像が残されているのですが」

兎束はその写真を持ち合わせていなかったので口頭で説明してやった。

「へえー。出る時はパニックになっていなかったんだ。怪我《けが》もなさそうだと」

「ええ、四人に取り囲まれていましたからね。　見えないところで銃やナイフを突きつけられていた可能性もありますが」

床に視線を置いたままの恵美を覗き込む。

「どうかしました？」

「あ、いいえ、怪我してないならよかったです。同じように殴られたと思ってたから」

「そうですね」

兎束はメモを取る手を止める。

「では襲われるまでの間、滝本さんからなにか話を聞いていませんか」

「えっと、なにを話したっけな……」

恵美はそこに記憶の巻き戻しボタンでもあるのか、こめかみを指で叩いた。その指も包帯や絆創膏《ばんそうこう》で覆われている。ナイフと対峙した時の防御創だろう。痛々しくて、兎束は思わず目をそらせた。

「緊張を和らげようと、世間話をしてましたが……ああ、そうだ。紗季さんの話をしていた時に……彼氏の話になりましたよ」

「彼氏？」

「ええ、紗季さんには付き合っていた人がいたようなんです。それで、できれば、ここ最近で一番一緒に過ごした私から連絡したいんですけど、名前とか連絡先を知りませんかって聞かれて」

紗季に男が？

これまでの捜査線上には浮かんでいない人物だ。背景を理解するうえで新たな展開が期待できるかもしれない。

「名前とか、どういういきさつで出会ったとかは？」

「いえ、滝本さんも具体的なことは知らないらしいんです」

「でも、その彼氏がこれまで捜査で明らかになっていないのは不自然ですよね」

「許されざる恋……不倫とか？」

あー、あたまが痛い、と恵美が言い、兎束はベッド横にあったリモコンでリクライニングを倒してやった。

「とりあえず休んでください」

「いえ、今度はぴょんの番です。あたしが寝てた間に進展がありました？」

「本当に大丈夫ですか」

「はい、お願いします」

兎束は順を追って話した。話していると、不思議と考えが整理されていくような気がした。

恵美が驚いたのは、広尾の一件だ。

「えっ、っていうことは、治験は広尾のクリニックでやってたってことですか」

「滝本さんは紗季さんを治験者だと言いましたが富嶽製薬のリストには名前はありませんでした。それは広尾で治験を個人的に続けていたからなのではないのか、と思っています」

「でも、そこの院長も殺されたって、どういうこと？」

「まったくわからないんですよ。滝本さんは、そのことについてはなにか？」

　恵美は唇を尖らせる。

「んー、スポンサーが場所を提供してくれたと言っていました。それで紗季さんと二人きりという時間が長かったから仲良くなったみたいです。あ、でも」

「なんです？」

「質問したんです。麻薬を欲していない人に抗麻薬ワクチンを投与して、どうやって効果を確認するのかって」

「ああ、禁断症状が出ている人にワクチンを投与して、症状が治るのなら効果が目に見えますが、すでに麻薬を絶っていた紗季さんに対してどうやって効果を測定するのかということですね」

「ですです。たぶん麻薬に代わる薬を投与して、血液検査とかで分析するのかなぁと、おぼろげに思っていたんですが」

「違った？」

「いえ、なんか困ったような顔になってしまって。専門的すぎてうまく説明できないのかななんて思ったんですけど、聞いてはいけないことを聞いちゃったような感じだったから」

恵美の疑問は確かに興味深い。

富嶽製薬との共同研究では、抗麻薬ワクチンの本来求められる機能ではなく、安全性を主眼に置いていたということだった。麻薬に対する耐性などの本格的な作用についてはまだまだ先になるはずだった。

本来なら数年かかるはずの治験を、麻美は数ステップ飛ばして実行していたのだろうか。

その考えを言うと、恵美は唇を尖らせた。

「でも、本当に効能を確認するなら、本物の依存者を使う必要がありますけど、なんだかんだで、日本って世界的に見たら薬物の依存者の割合って少ないですよね」

G7各国の薬物の生涯経験率を見ると、大麻はアメリカが44%であるのに対し、日本は1・4%。覚醒剤はイギリスの10%に対して日本は0・5%。コカインも14・8%のアメリカに対して0・3%で、G7ではどの項目でも最小である。

つまり、抗麻薬ワクチンの効果を〝現場〟で試すには〝サンプル数〟が圧倒的に少ない国であり、むしろ、日本で抗麻薬ワクチンが開発されようとしていることが特殊なことであるとも言えた。

麻美の独創的なアイディアによるものではあるが、富嶽製薬が撤退したのも頷ける。認可されるために必要な実績を得るには、海外での治験を視野に入れなければならないだろうし、そのハードルは格段に上がる。

その無謀ともいえる挑戦を、広尾の小さなクリニックで行えるのか。そもそも、なぜ紗季が選ばれたのか。

そこで、ふと疑問が湧く。

本当に抗麻薬ワクチンの治験だったのだろうか。

もしそうではなかったとしたら、一体何が起こっているのか。それは麻美の拉致とつながっているのではないか……。

恵美が体を捩って、ホテルにあるような大きな枕に頭を埋めた。

「で、クリニックの院長も殺されたと。こりゃ、わけわからないですね」

「正直……そうなんです。どうにもゴールが見えてこないんです」

人の企みというのは、足跡を辿ってその延長線上に目を向ければ、おおよその見当がつくものなのだが、今回は足跡がバラバラでベクトルが見えないのだ。そこには嘘という名のノイズが含まれていて、さまざまな思惑が交錯《こうさく》し真相を見えづらくしている。

「こういう時は、焦らず一つひとつの情報を精査して――」

ふと見ると、恵美は目を閉じていた。すーすーと規則正しい寝息を立てている。

兎束は掛け布団を引っ張り上げた。

「捜査報告が……子守唄じゃあるまいし」

7

「ちょっと整理してくれ」

福川が両手を頭の後ろで組んだ。

朝の捜査会議の主な議題になったのは麻布クリニック院長・大貫殺害についてだ。現時点では犯人につながる情報はもたらされていない。

拉致事件を追っていなければ、この殺人事件は別件として扱われたかもしれないが、紗季が通っていたとなれば無関係とは言えない。しかし、その関わりを考えると情報過多で混乱をきたしていた。

福川が自分に言い聞かせるように話す。

「事の発端は八王子で覚醒剤投与のショックにより死亡した高島紗季だ。だがそれは彼女の意思ではなく、なんらかの事件に巻き込まれた可能性があった」

確認するように睨まれ、兎束は頷いた。

「はい」

「滝本麻美准教授は、治験プロセスで高島紗季と知り合っていたが、何者かによって拉致される」

「その際、毛利恵美巡査が負傷しています」

兎束は補足した。

「リスクを負ってまで拉致をしたのは、彼女が警察に知られたくない情報を持っているから、だな？」

「現時点ではそう考えています。ただ毛利巡査の話ですと、滝本さん自身、なにが問題で狙われているのか本人もわかっていないようだったということです」

「本人は意図せず都合の悪いなにかを知ってしまったというわけか。その件と大貫院長の殺害はどうつながる？　もし麻布クリニックを治験の場所として使っていたというなら、大貫も同じ情報を知っていたのか」

それは兎束も考えたが疑問があった。

「もし口封じをするために大貫を殺害したとするなら、滝本准教授だけが生かされている理由がわかりません。少なくとも手間もリスクもある拉致という選択をしています」

「確かにそうだな。じゃあなんだ」

「たとえリスクがあっても滝本准教授には生かしておかないとならない理由がある……」

兎束の頭の中が猛烈に回転し始める。

「……拉致をした側は滝本准教授が持っている情報が警察に漏れることを恐れるよりも、求めているということかもしれません」

「求めている?」

「やつらが拉致したのは、やつらのメリットになる情報を滝本さんが持っているからではないでしょうか」

福川がボールペンで兎束を指す。

「状況的に三人は広尾で顔を合わせていたと考えられるが、滝本のみが有益な情報を持っていて、大貫院長や高島紗季は、知られたくないものを知ってしまったから口を封じられたのではということか?」

それはそれで違和感があった。

「殺害方法が両者で異なっています。口封じをするなら大貫のようにナイフ等を使えばいい話です。しかし高島紗季さんの場合、わざわざ覚醒剤によるショック死を偽装しています」

福川は、ではなんだ、と答えを待つそぶりを見せたが、兎束もその違和感の正体を理解してはいなかった。

「まだわかりません」

「ならばどうする」

「いまある足跡で確証があるものだけをつないでいくしかないかと。引き続きスジを追います」

福川は無言で頷いた。

「次、拉致犯について。まずは盗難車」

兎束は着席し、入れ替わるように、前方に座っていた刑事が弾《はじ》かれたように起立した。

「はいっ、江東区東陽町《とうようちょう》駅付近のコインパーキングにて当該車両を発見いたしました。車内の指紋採取、捜索を実施いたしましたが、犯人につながる証拠はいまのところ見つかっておりません」

すでに一報を受けていたのだろう、福川の表情は動かなかった。

「ここからの足取りはまだ摑めていないんだな？」

「あ、はい。当該駐車場には防犯カメラがあったものの、料金支払い機の周辺だけが映っており、盗難車自体は死角にありました。また、車を乗り換えた可能性を考え入庫の時刻から三十分以内に入れ替わりで出ていった車を調べてみましたがすべて無関係でした」

「平日の昼間とはいえ、周辺にはショッピングセンターもある。人通りは少なくないはずだ。目撃証言もないのか」

隣に座る捜査員がメモを見せ、渋い顔になる。

「なにかあるのか」

「あの、いまのところ、確証はまだ得られておりませんが、確認中の案件がありまして。ただ……」

福川の捜査信条が、憶測を排除し、確かな情報の積み重ねであることが身に染みているようだ。

「なんだ、いいから言ってみろ」

「はい、地下鉄駅の出入口がある永代通《えいたいどお》りを男四人と女ひとりが歩くところを見たとの情報がありまして」

「その五人が拉致犯と滝本さんなのか？」

「まだ確証には至っていませんが、他に五人組を見たという証言がなく」

「近くの会社の同僚がランチに出かけただけということもあるだろう。なにか特別なことがあるのか？」

はあ、とこめかみの汗を掌《てのひら》で拭《ぬぐ》う。

「証言者は駐車場の前にあるバス停でバスを待っていたのですが、その、どんな関係なのか気になったそうです。女性は地味な雰囲気なのに、一緒にいたのは若い男で、服装も今風のもの。また会話を楽しんでいるわけでもなく、むしろＶＩＰの女性をガードしているのかと思ったそうです」

ガード？　兎束は首を傾げる。

「それでどこに行ったんだ」

「それが……地下鉄駅に降りていったそうです」

「地下鉄？　電車に乗ったのか？」

「はい……それが拉致犯らしからぬ行動に思えまして」

その場にいた多くの捜査員たちと同じように、兎束も眉をひそめた。

拉致犯たちは人知れず逃走したいはずだ。いくら盗難車を使うことが危険だといっても被害者を連れて歩くのはリスクが大きすぎる。

「駅の防犯カメラを確認しましたが、それらしい姿は確認できていません。また駐車場から駅までの間にも防犯カメラはありませんでした」

防犯カメラの位置を把握しているのかもしれないが、そもそも電車を使うだろうか？

「それが拉致犯だとしても、電車を使うというのはどうなんだ。確かに意表をついているが、人混みのなかで滝本さんが助けを求めたら終わりだぞ」

兎束は頷いた。人目のある中、ずっと凶器で脅し続けることはできない。不本意であっても自分の意志で拉致犯と行動を共にすることが必要だ。

例えば、近親者を人質に取られている、弱みを握られている、もしくは買収されている？

福川はひとしきり唸った。

「わかった。その線、追ってみろ。理由はわからないが、足跡が消えている以上、現時点では最も有力な手がかりだ」

その捜査員は短く歯切れの良い返事とともに着席した。

兎束は捜査会議のあとも会議室に残り、これまでの捜査資料を精査していた。

麻美はどこに連れて行かれたのか。証言が確かなら電車か徒歩で移動したことになるが、麻美が行動を共にする理由はなんだ。

兎束は首の後ろを手のひらで揉み、視線を上げた。

疲労が溜まっているようだ。

外の空気でも吸おうかと、警視庁前の横断歩道を渡り、外桜田門前にある岩のベンチに座る。缶コーヒーを口に付けながら、多くのランナーがこの門をくぐって二重橋に抜けていくのをぼんやりと目で追った。

空はどんよりと曇っており、時折吹く風はまだ冬の装いだった。

それでも頭がすっきりしてくればいいと思ったが一向に晴れない。

「おやおや、こんなところで油を売っててもいいのか」

そう声をかけられ、目の前に立つ男を見上げる。なにを考えているかわからないニヤけ顔が逆光の陰に浮かんでいた。

「設楽《したら》さん！」

兎束は思わず立ち上がった。

設楽は姉の事件を担当した刑事で、兎束がこの道を選択した時も世話になった人物だった。

設楽とは入庁後もしばらく連絡をとっていたが、十年ほど前に公安部に異動になってからは、その秘匿性《ひとくせい》の高い職務もあってか、徐々に疎遠《そえん》になっていった。

公安部はテロなどの安全保障上の脅威や、諜報《ちょうほう》活動を取り締まるなど、国レベルで対処しなければならないようなことを担当している。それだけに警察の中でもエリート中のエリートと言えるが、その活動内容については同じ警察官でも知り得ることは少ない。

「ご無沙汰しております」

「相変わらず、それ着てるんだな」

兎束が着ている、紺のダウンジャケットを目で示した。

「よく覚えてますね」

襟元までジッパーを上げながら笑う。

これは兎束の姉が事件に巻き込まれて死亡する直前、ボーナスが出たからと買ってくれたものだった。駆けつけた病院ではじめて設楽と会った時も、これを着ていた。

設楽はあたりを窺うと、歩こう、と誘った。

「まあ、あのお嬢ちゃんが無事でなによりだった。お前のセンパイも心配していたぞ」

兎束の顔がぱっと明るくなる。

「センパイ、お変わりないですか」

「相変わらず吉祥寺の街を走り回っているよ」

桜田門をくぐると、皇居外苑の広々とした空間の先に丸の内のビル群が山脈のように盛り上がっているのが見えた。

「お前は、はじめこそセンパイにベッタリで頼りなかったらしいが、捜査一課には迷いなく送り出せたって言っていたから、まあ自信もってやれ」

兎束は苦笑する。

確かに、いつも金魚のフンのようにセンパイの後をついて回った。刑事としてのメンターでもあったからだったが……。

「お姉さんと、同じくらいの歳の差だよな。一緒にいて居心地がいいのはわかる」

「まあ、正直、そうですね。性格も顔もまったく違うんですけど、なぜか姉の気配を感じるというか。でも、シスコンとかじゃないですからね」

「ただの年増《としま》好きか」

設楽はしばらく笑ってみせてから兎束に向き直る。

「でも、コンフォートゾーンから飛び出してきたわけだな。兎も居心地のいい巣穴から出てこなければ、食事にもありつけないからな」

「はい。しかし、これがなかなか大変で。上司は腰が低いし、部下ははちゃめちゃだし」

そこまで言って、恵美のことが頭をよぎる。

自分がもっとしっかりとしていれば……。一人前になれた気になっていたが、大切な仲間を失うところだった。

設楽は俯いてしまった兎束を気遣ってか、話題を変えた。

「それにしても本部も大変そうじゃないか。拉致被害者の行方に二つの殺人事件。まとまりがつかないんだってな」

「説明がいらなくて、話が早いですね」

兎束は自虐的に笑った。

「抗麻薬ワクチンの件はお聞きになっていますか」

「聞いてる」

でしょうね、と頷く。

「覚醒剤のショック死、クリニック院長の刺殺、研究者の拉致。それぞれがどうつながるのかがわかりません」

お濠に沿って、二重橋のほうへ歩を進める。

「抗麻薬ワクチンが完成すると困る連中がいることについては考えたか？」

「はい、ひょっとしたらと、海外の麻薬カルテルの可能性も考えました。拉致犯もそうではないかと」

「そいつはどうかな」

「どういうことです？」

「拉致ってのは、そりゃ面倒臭い仕事だ。殺すほうが早くて簡単だ」

玉砂利《たまじゃり》を踏む冷たく乾いた音が、この不穏な会話を隠してくれていた。

だがな、と続く。

「実はこちらでも察知している動きがいくつかあって、マークしている連中がいる」

「動き？　連中って……」

「工作員、まあシンプルに言えばヒットマン。殺し屋だよ。だがそっちの件と関わっているかは不明だ。スパイ活動だけかもしれんし、そもそも別件で動いているだけかもしれないし、バケーションだけかもしれない」

「どんな連中ですか」

「いろいろさ。アジア代表は中国、アメリカはメキシコ産コカインの代理店だし、本場の中南米カルテルに最先端の科学を使うユーロ。抗麻薬ワクチンについては各国の売人から探りが入っているよ。ヒットマンが紛れ込んでいても不思議じゃねえな」

「本当ですか、それ」

絵空事のように思えるが、設楽が言うと真実味がある。

「アメリカでも同様の研究をしているが、不審死を遂げた研究者が数人いる。研究から手を引いた者はもっと多いだろう」

事の重大さに背筋が寒くなった。

設楽は胸ポケットから数枚の写真を取り出し、トランプのように広げてみせた。兎束はそれを受け取って一巡させる。

「これが送り込まれたヒットマンですか」

「マークはしているがな。正体はわからん」

ラテン系、黒人、北欧系とさまざまな顔ぶれだった。

一枚の写真に手をとめた。

「どうした。知ってるやつか？」

「あ、いえ。なんか普通だなって、思ってしまって」

一見日本人に思える人物で、殺気に溢れる印象はなく、そのへんを歩いていてもおかしくなさそうな雰囲気だ。どこかで会っていても不思議ではなく、記憶の片隅にも残らない。それだけに怖くもあった。

写真を設楽に返す。

「ヤクザのヒットマンってのは後のことを考えていない。親分を庇《かば》って自首してきたりするが、本当の殺し屋っていうのは、仕事を終えたら普通に家に帰る。家族を持っているやつもいて、日常に溶け込んで殺気は出さない。そういった連中だ」

写真を指で弾き、内ポケットに仕舞《しま》う。

「それにな、連中もバカじゃない。同様の研究は他でも進んでいるし、研究者を殺害しても誰かが引き継ぐだろう。ならば抗麻薬ワクチンが世に出た後のビジネスモデルを考えたほうが利口ってもんだ」

「抗麻薬ワクチンを無効にする麻薬……？」

「かもしれん。俺にはわからんけどな、今までの歴史を見てもそうだ。規制すれば抜け穴を見つけ、そして新しい麻薬が生まれる。つまりイタチごっこだ。ならば来るべくして訪れる抗麻薬ワクチンの世界でも生き残れる新たな麻薬ビジネスを模索していても不思議じゃない」

だとすると、麻美を拉致したのは抗麻薬ワクチンを止めるためではなく、その先の新しい麻薬を開発するためなのか。

「これは俺の印象なんだけどな」

「はい」

「もしプロのヒットマンならな、毛利の襲撃とかさ、あんな中途半端なことはしない。確実に殺しているだろう」

「つまり、拉致犯はプロの集団ではない？」

「恐らくな。後ろで糸を引いている可能性は否定できんがな。で、防犯カメラに映っていた四人組のことは」

「ひとりが元鶴島会の若頭であることはわかりましたが、他はまだ」

設楽は呆れたように笑う。

「組対はなにをやっているんだ。情報は持っているはずだぞ」

「どういうことです」

「トクリュウだよ。食いぶちにあぶれた元ヤクザも吸収している。ルシファーって中二病《ちゅうにびょう》みたいな名を名乗っている。そのヘッドはお前のよく知る男だよ」

トクリュウ――匿名・流動型犯罪グループ。集団で特殊詐欺などの犯罪を行う半グレと比較すると、トクリュウはSNSなどの呼びかけで集まる、緩やかな結びつきのグループで、都度、離合集散を繰り返すため実態が掴みづらいという特徴がある。

「ヘッドって、えっ……まさか、水城？」

設楽は、答えはしなかったが、片眉を上げてニヤリと笑った。

「どういうことですか」

「そのへんは組対さんに聞いてくれ。俺は海外のいやな動きを追っていただけだからよ」

「設楽さん、一課長に話していただけませんか」

設楽は大げさに首を振る。

「俺は影の人間だからよ」

「それこそ中二病っぽくないですか」

設楽は笑い、兎束の肩を叩く。

「俺が喋ると公安がなにを探っているかが漏れる可能性があるからな。いまの情報だって、お前だから話しただけだ。あとは自分の判断でどう使うか決めてもらっていい。匿名のタレコミがあったとかな」

兎束は理解して頷いた。

「あとな、情報は見誤るとあとが辛くなるぞ。踊らされるな、見極めろ。じゃあな」

設楽は最後に笑みを見せ、歩みを早めながら、丸の内方面に去った。


その報告を聞いた福川は驚きを隠さなかった。

「情報源は」

「すいません、匿名のタレコミでして」

訝しみの視線をしばらく兎束に向けたあと、背筋を伸ばして会議室内を見渡す。

「中村警部！」

中村は老眼鏡を取ると、ファイルを閉じて早足で駆け寄り、兎束の横に並んだ。

「はい、どうされましたでしょう」

「榎本の件は、その後、進展ありましたか」

「いえ、組を抜けてからの足取りが摑めておりませんで」

「では、ルシファーというトクリュウについて聞いたことは」

「ええっと……」

泳がせた視線を兎束に向けながら答えを探すようだった。

「名前は聞いたことはありますが、別班が担当しておりますので詳細は知りません。情報を取り寄せますか」

「ええ、お願いします。なにしろ水城が水面下で率いている集団だというので」

「ええっ、本当ですか！　それはどこからの情報ですか」

「タレコミです」

兎束が言う。

「そんなタレコミ、どこから」

「情報源はともかく、いまはそれが本当かどうかを確かめることが重要です。その連中が拉致を実行したのなら、水城が関与していることになります」

福川も頷く。

「組対内で情報を取りまとめて頂けると助かります。なにしろ人命がかかっていますので」

低く、厳しさが混ざった声だった。

「申し訳ありません。早急に」

それだけ言って中村は部屋を飛び出していった。

「やれやれ。こういう時、情報は血液のようにスムーズに循環してくれなければ強力な組織とは成り得ないのに。困ったものだ。外部からもたらされる偶然に頼らなければならないとは」

偶然ではなく、設楽は、兎束を見るに見かねて情報提供してくれたのかもしれない。

「それで毛利はどうだ」

「見た目は痛々しいですが、口は相変わらずです」

福川は苦笑した。

「ただ気になる点があります。拉致犯らは宅配業者を装っていたようなのですが、その際に麻布クリニックの名前を出しています」

「つまり、滝本准教授が広尾に通っていたことを知っている者ということだな」

「はい、その通りです。しかし、そのことを知っていたのはごくわずかなはずです」

「同業者……仲間割れと言いたいのか？」

「可能性はあるかと」

福川は手にした報告書に目を落とし、数ページめくる。

「製薬会社の件、彼らは研究についてなんて言っていた？」

「収益が期待できないため、中止にしたと」

報告書から顔を上げた福川の目は鋭かった。

「もう一度、そこを念押ししてみろ」

兎束は頷くと、椅子の背もたれにかけていたダウンジャケットを掴み、会議室を出た。

稲城の富嶽製薬本社に赴いた兎束は、対応した樋口を追及した。

研究が中止された本当の理由はなんだったのか。

かねてからの説明を繰り返すだけだったが、麻美が拉致されていることを伝えると、ようやく重い口を開いた。

「脅迫?」

福川は腕を組み、首を回した。クラッキングの音が大きく響いた。

「はい。予算の関係で研究が下火になっていたことは確かなようですが、そこで脅迫を受けたということです」

樋口によると、駅のホームや階段の上で背中を押されたり、何者かに後をつけられているような気配を感じる日々が続いたりしたあと、メールが届いた。アプリケーションが自動的に起動し、妻や子供の写真が表示されたあと、抗麻薬ワクチンの開発をやめろというメッセージが流れ、その後、自動的に消去されたらしい。

「いつでも殺せる、というメッセージか。手が混んでいるな」

「はい。樋口は、抗麻薬ワクチンに対して強い思いを持っていなかったのと、予算削減の時期でもあったので、研究の中止を決定したそうです」

「家族まで巻き込んでやるものではない、か……確かに割に合わないだろうな」

社内でも、大きな期待を寄せられていた研究でもなく、中止することに問題は起きなかったようだった。

「その後は、不穏な動きは消えたため、藪蛇《やぶへび》にならないよう警察にも言わずにいたそうです」

「では、今回の拉致事件とはどうつながる。脅迫していた連中が滝本さんを拉致したのか？」

「水城と、その配下のトクリュウについて、よく知る必要があると思っています」

福川は同意すると、ちょうど会議室に入ってきた中村を呼び寄せた。

「ルシファーなる集団についての情報は」

中村がテーブルに資料を並べた。

「ルシファーに決まったアジトはありませんが、恵比寿にあるバーにたむろしているようです。構成員はおおよそ三十名ですが、末端まで含めるとどのくらいの規模になるかはまったく不明です。なにしろ、しがらみがない組織なので常にその全体像が変化しています」

「水城は？」

中村はまるで覚悟を決めたとでもいうように頷いてから続けた。

「水城はかつて鶴島会と関わったことがあることから、水城の元に不良をはじめ鶴島会のメンバーだった者たちも集まっているようです」

「拉致に関わっていた榎本もそうなのか」

「はい。ただ、加入したのが比較的最近のようで、集団の序列としては下になるようです」

トクリュウはヤクザのようなしがらみを嫌う。以前は鶴島会の幹部だったという肩書きも、この組織では意味を持たない。

「辛《つれ》ぇなぁ、あの歳《とし》でぺーぺーか」

兎束の横に、遅れて参上した秋山が、パイプ椅子に恨みがあるかのような勢いで座りながら言った。

「他に行く当てがなく流れ着いたって感じだろうが、それだけヤクザは追い詰められているってことだ。群れることでしか生きられん。哀れだねぇ」

「秋山さん、どこに行っていたんですか」

福川に睨まれながら、兎束は小声で聞いた。

「どこもなにも、組対がチンタラしてるから代わりに調べてやってたんじゃねぇかよ」

秋山は起立したままの中村を野次《やじ》る。

「らしくねぇな、中村さんよ。いつから組対は秘密主義になったんだ」

中村はバツが悪そうに、以上です、と言って席に戻っていった。

「秋山警部補、このグループについて情報があるのか？」

福川に問われた秋山は起立することなく答える。

「水城は、表向きは経営コンサルタントだが、裏ではトクリュウを抱えて自分のビジネスを有利に動かしているようだ。今回の拉致も水城の意思だろう」

「まて、なぜ水城が滝本准教授を拉致する?」

「警察に知られたくない情報を滝本が持っているからだ」

「なんだ、その情報とは。抗麻薬ワクチンの——」

「違う違う。抗麻薬ワクチンなんて、やつらはなんとも思っていない」

傍若無人な秋山の態度に啞然《あぜん》としていた兎束だったが、その言葉ではたと気づく。

「そうか、私らは違う方向を見ていたんだ」

「そういうこと」

秋山が人差し指を立てて見せ、福川は怪訝な顔をする。

「だからどういうことだ」

秋山は兎束を試すような目で見ると、発言を譲った。自分が話すよりも伝わりやすいと思ったのだろう。

「滝本准教授が研究していたのが抗麻薬ワクチンであったため、拉致もそれに関してだと考えました。しかし死亡した高島紗季さんや、クリニック院長、その他の要件がチグハグで、一元的に説明することができませんでした」

喋りながら考えをまとめる。福川は目を細めて兎束の言葉を待った。

「水城の行動の目的は金、およそ十億円の価値を持つ金塊です。家宅捜索でも見つかっていないことから、なに者かが奪い、いまもどこかに隠していると考えています。水城はそれを狙っている」

「待て待て、お前はその金塊のありかを滝本准教授が知っているというのか？」

「いえ、滝本さんではなく、死亡した高島紗季さんだったと考えると筋道が見えてくるような気がします」

秋山は上出来だという調子で頷いた。

「じゃあ高島さんが覚醒剤でショック死したというのはどう考える？」

「まだわかりません。しかし気になることがあります」

兎束は手帳を開く。しかし早くしないと真相が逃げてしまいそうで指先が震え、当該ページを開くまでにかえって時間がかかってしまった。

「高島さんが金塊の在処《ありか》を具体的に知っていたかどうかは定かではありません。もし知っていたとしても、覚醒剤の乱用によって記憶障害を発症していたため、忘れてしまっていたでしょう」

「滝本准教授はどうつながる？」

「抗麻薬ワクチンです。このワクチンはまだ完成しておらず、准教授は道半ばで臨床試験を終えなければなりませんでした。しかし初期の段階で効果が確認されていた機能もありました。それは薬物により破壊された脳機能の修復です。特に記憶を司《つかさど》る部位である海馬については細胞組織の修復が見られました」

福川が片眉を持ち上げた。

「記憶が戻るかもしれない……水城はそこに目をつけたのか」

「その通りです。滝本准教授を研究を継続させると騙し、被験者として高島紗季を、場所として麻布クリニックをそれぞれ準備したわけです。そこで抗麻薬ワクチンを投与させ、水城は高島紗季の記憶が戻ることを期待していたということです」

あり得るか——兎束は自問した。

まだ完全ではないにしろ、道筋はつけられそうな気がした。

「もし高島紗季が金塊の隠し場所を見聞きしていたら、それを思い出すかもしれないと、水城は考えたということか」

「その通りです」

「では、なぜ高島紗季は金塊の場所を知っている」

「それはまだわかりません」

「クリニック院長が殺されたのは？」

兎束は首を横に振る。秋山もその答えは持ってなさそうだった。

「すいません、まだわかりません」

福川は長めのため息をついた。

「いまの話、どこまで信憑性《しんぴょうせい》があるんだ?」

「正直申しますと、憶測の域を出ません。しかし、滝本さんが拉致されたことも関係があるのかもしれません」

会議室は静まり返っていた。

現時点では突拍子もなく聞こえるこの推理をそれぞれが検証していた。そして、腕組みをして兎束を睨んでいる福川のひと言を待っている。

「憶測で捜査本部を動かすわけにはいかない」

そう切り出した。

「最優先されるべきは滝本さんの救出だ。ゆえに拉致監禁場所の特定に寄与する情報の収集、解析にリソースを集中させる」

浮き足だった会議室内がひとつになった。

「ただし兎束。お前はその線を追え。事件の全容をいち早く摑むことは、新たな被害を防ぐことにもつながる。必要に応じて人員を割り振るが、いまは秋山警部補と一緒に頼む」

兎束が秋山と目を合わせると、秋山は小さく顎をしゃくった。

今夜、泊まり込みの任にあたる木場のために、コンビニに向かった。最寄りは警察庁が入っている霞が関合同庁舎だ。

弁当は提供されているが、似たようなものは飽きるし、温かいものが欲しくなるのだろう。木場はおでんを希望した。

合同庁舎に入る直前、着信があった。兎束はダウンジャケットを首元で合わせて冷たい風に耐える。

「毛利さん？　どうしたんです、大丈夫ですか？」

『体は動きませんけど頭脳はフル回転です。で、どうですか？』

「どうですか、とは？」

『捜査に決まってるじゃないですか』

「そんなことはいまは考えなくていいです。しっかり休んでください」

『それが、精神的によくないんですよねえ。じっとしてるだけだと頭がパンクしそうで』

普段は活動的な恵美が、ガリバーのように手足を縛られている様子を思い浮かべて兎束はほくそ笑んだ。

『ちょっと、いま笑ったでしょ』

「そんなことありません」

咳払いをひとつはさんだ。

「焦る気持ちはわかりますが、動けないんだから仕方がないです。ここはおとなしく――」

『安楽椅子探偵！』

「はい？」

『知らないです？』

「知ってますよ。探偵役は部屋から動かず、情報を集めて推理するっていう……まさか」

「ですです。わたしはライム。リンカーン・ライムですよ」

リンカーン・ライムは、ジェフリー・ディーヴァーの『ボーン・コレクター』という推理小説に登場するキャラクターで、優秀な鑑識官だったが事故に巻き込まれ四肢麻痺《ししまひ》になる。それでもベッドの上からコンビを組む捜査官に指示を出し事件を解決するという物語だ。

たとえ寝たきりでも推理はできる。といいたいのだろう。

「なにをふざけたことを」

『ふざけてないっ！』

頭を殴られたのにそんなに叫んでも大丈夫なのかと心配になる。

『ずーっとあの時の様子がリプレイされるんです。何度も飛び起きて寝てもいられない。かといってなにもできなくてイライラが募るんです。アウトプットもしないと頭が破裂します』

「そうは言っても」

『悪夢を振り払うには、あいつらと闘うしかないんですよ』

恵美の気持ちもわからないではなかった。襲われ、意識を失うほどに負傷するというのはかなりのショックだったろう。トラウマになってもおかしくない。

「わかりました。でも、毛利さんが襲われた時のことを何度も聞くことになるかもしれませんよ」

『いいんです。聞かれなくても勝手に甦《よみがえ》ってくるから迷惑してるんです』

兎束は聞こえるようにため息をついたが、口角が持ち上がるのを抑えられなかった。

「わかりました。実は疑問があるんです。二、三確認させてください。まずは犯人らの会話です。あれから思い出したことはありませんか？」

『んー。おいとか。いくぞとか。かけ声的なことは言っていた気がしますが』

「仲間内で揉めるような声はなかったと？」

『ないですね。それがどうかするんですか』

「刑事がそこにいることを知っていて、負傷させてでも滝本さんを拉致することが既定路線だったということです」

『そっか。確かに、連中は迷いもせずにまずあたしに向かってきました』

「まずは脅威を排除する。なにやってんだよ、などの声がなかったのなら、はじめからそうするつもりだった」

『なんか、頭にきますね。あたしを殺しても良かったってことでしょ』

「ええ、毛利さんの抵抗が予想外だったのかもしれません。いずれにしろ一線を越えている」

『それができるイカれた連中ってことですね』

「そうなります」

ふむ、と名探偵気取りなのか恵美は唸ると言った。

『あたしはね、紗季さんの彼氏が気になっているんですよ。そっちは追っています？』

「職場にも当たっていますが、誰もそんな話を聞いていないんです。もっともプライベートなことを話せるだけの友人とよべる人がいないだけなのかもしれませんが。でもどうして気になるんです？」

んー、としばらく唸る。

こちらは寒い夜に外で長電話をするとは思っていなかった。早くしてくれと足踏みをする。木場が温かいおでんを待っている。

『滝本さんに聞いたんですけど、紗季さんは〝彼氏が迎えに来てくれる〟って言ってたようなんです。だからひょっとしたらその彼氏は紗季さんのことを探しているかもしれないと思って』

「なるほど。しかし手がかりがまったくない状況ですからね」

『あ、あとね、ひょっとしたら結構なお金持ちかも、その人。なんでも買ってあげるっていっていたみたいなので』

「それだけじゃ手がかりにならないです。でも滝本さんは紗季さんとよく話していたんですね」

『一緒にいる時間が多かったみたいですね。唯一の友人だったかも』

「そうですね」

『でもなあ、その彼氏っていうのが、ただの彼氏ではなかったとしたら』

「どういうことです？」

まるで、とっておきの推理を披露してやるからよく聞け、と言わんばかりに間《ま》を作った。

『実は彼氏ではなく、麻薬の売人、または殺し屋とか。でも記憶に障害があった紗季さんには彼氏に思えていた、とか』

「つまり、その彼氏が犯人だということですか」

『そうなんです。我々にそのことを言われる前に拉致したんです』

「存在を知られないために口封じを？」

『どうです、いい線いってるでしょ』

「疑問もあります」

なによ、恵美は構える。

「口封じならどうして拉致したんでしょうか。大貫院長のように殺害するほうが逃走するにも有利です」

『それはぴょんさんが情報を集めてきてください。まだ推理する段階ではありません。それより滝本さんですよ。殴られて拉致されているとなれば、拷問《ごうもん》されているかもしれない』

「拷問？」

『単なる口封じで殺すつもりなら拉致する必要はないでしょ。わざわざリスクを冒してまで拉致したとなれば聞きたいことがあるからでしょ？』

それはいま自分が言ったばかりなのだが、怪我人相手にムキになることはないと、ここは大目に見た。

「毛利さんを負傷させてでも得たかった情報ということになります」

『となると、研究がらみですかねぇ？　麻薬ビジネスの連中だけじゃなく、ライバル企業って可能性もあるかもしれませんよ』

兎束は頷く。

「可能性はありますね」

『じゃあ次。拉致犯の足取りは？』

いつのまにか仕切り始めている。

「滝本さんは男たちに取り囲まれるようにしてマンションを出ています。助けを求めることもなかったので、おそらく脅されていたんでしょう。その後、東陽町駅近くの駐車場に車を乗り捨て、地下鉄に向かって階段を降りたところで足跡は途切れています」

『地下鉄？　拉致したまま？　電車に乗って逃げたとでも？』

その疑問はごもっともだった。

『男たちの人相は映っていたんでしょ？』

「ええ。そのなかのひとりは元鶴島会幹部であることはわかりましたが、それ以外の氏名はわかりません。ただ、水城が裏で糸を引いているトクリュウである可能性があります」

『なら、水城に聞けばいいじゃないですか。拉致は水城の指示だったってことでしょ？』

「証拠がありません」

『また証拠、証拠って。そんなに証拠が大事ですか』

警察官として大切なものをさらりと否定された気がしたが、ここで正すのは止めた。

『それにしても、時間が過ぎた割には情報が少ないわね……』

兎束にふといやな予感が悪寒《おかん》となって背筋をかけぬけた。このまま退院してもいまと同じ関係にならないだろうか。

恵美が指示して兎束が動く……。

ぶるぶると頭を横に振った。

「毛利さんのほうで思い出すことはないですか？　匂いとか、入れ墨とか身体的な特徴」

『頬に傷とかあればねー、簡単なんでしょうけど。あいにく、いきなりガツーンて殴られたから』

「さて、いろいろ話しましたが落ち着きました？」

『そんなわけないでしょ。滝本さんが心配』

「それも本部が」

『じゃあ、ぴょんはなにをするっていうのよ』

兎束の脳裏に秋山の不敵な笑みが思い出された。

「やっぱり……ヤクザかなぁ」

8

朝の捜査会議に秋山の姿はなかったが、終わる頃にメールが入った。皇居二重橋前の公園にいるという。

近くにいるなら会議に出ろと思いつつ、ダウンを羽織って外に出た。

信号待ちをしていると内ポケットが振動した。スマートフォンを取り出して、表示された発信者の名前を見てため息をついた。

「寝てなさいっていうの」

『やよ』

恵美の鼻息がマイクに当たり、ぼうぼうと音を立てた。

『あたしが入院して静かに仕事できるって思ってたでしょ』

確かに思ったが口にしたことはないはずだ。

「思ってませんよ」

『……返答がやや遅れた。図星ですね』

「で、なんの用ですか」

『あのね、昨日の話をよーく思い出してみたんですけどね、滝本麻美さんは悲鳴のあとに

〝殴らないで！〟って叫んだ気がするの』

「毛利さんを見てですよね？」

『そう思っていたんですけど、なんか違和感があってさ』

「違和感って？　殴られた毛利さんを見ているのですから、次は自分も同じ目に遭うかもしれないと――」

『そうじゃないの。なんていうの。知り合いじゃないかなって』

一瞬、なんのことかわからなかった。

「知りあい……滝本さんと、拉致犯が？」

『そです、そです。もちろん友達とかじゃないんだろうけど、顔見知りとか。だから拉致されて移動する時も騒がず仲良く電車にだって乗った。拉致というより、同意の上での行動』

突飛に思えたが、それは兎束も疑問に感じていたことではあった。

兎束は思わず街路樹の陰に身を寄せた。

「しかしそうすると彼女は毛利さんを襲った犯人の一味ということになります。辻褄が合いません」

『ですよねえ……なんででしょうねえ』

恵美も答えを持っているわけではないようだ。

「とりあえず、いまはゆっくり休んでてください。また捜査について相談しますから」

こういう言い方をすれば安心するだろうし、電話を切る合図になるだろうと思った。

それにしてもゴールの見えないレースをしているようで、まだ朝イチだが疲労がピークに達している気がしていた。首を大きく回して深く息を吸い込む。

『あ、待って』

それなのに恵美が延長戦を宣言し、兎束は肩を落とす。

『これって』

「なんです」

『ぴょんってさ、物事に凄く拘るじゃないですか。規則とか、順序とか、手続きとか』

「警察官として当たり前だと思いますが」

『でも、あたしが病院に担ぎ込まれた時、ぶっ飛ばしたらしいですね』

青信号になり、歩を進める。

「サイレンを鳴らしました」

『へぇー、緊急走行時の規範を無視し、事故を起こすんじゃないかと心配させるくらいのスピードで赤信号を通過してですか』

木場め、とここでも苦虫を嚙み潰す。

「なにが言いたいんです」

『規則をきっちり守るぴょんと、自我を忘れて爆走するぴょん。どちらもぴょん』

喧嘩を売られているのだろうか。

『もし、あたしの身に起こったことを知らない人が見たら同じ人物とは思えず、ぴょんの行動に矛盾を感じるでしょうね』

「つまり、滝本さんの行動を変えてしまうなにかが起こったということですか」

『そう、そしたら矛盾する行動をとってもおかしくない』

一理あるとは思った。

『あ、いまあたしが頭を殴られて頭脳明晰になったなと思ったでしょ。あいにく頭脳明晰は昔からですから』

そんなことは一ミリも思っていなかった。

「しかし……」

『なんですか、あたしの推理に疑問でも？』

「いや、確かに可能性はあると思うんです。しかし、そうなると原因は毛利さんということになりませんか」

『え？　なんで』

「彼女は、当初見張られていることに怯《おび》えていた。しかしその後は抵抗することなく拉致犯と行動を共にしている。目の前で毛利さんが襲われたという恐怖から従っていたとも考えられますが、助けを求めるチャンスはいくらでもあったのにそうはしていない。さらに言うなら、拉致犯のほうも、滝本さんが抵抗しないということを前提に逃走ルートを考えていたとも考えられます。私が離れたあと、滝本さんとずっと一緒でしたよね？　外出もしてない」

『ええ……そうですね』

「それなら彼女の意識を変えられたのは毛利さんしかいませんよね」

『そんなこと言われても』

兎束の中では、もはや他には考えられないようになっていた。滝本の不可思議な行動を他に説明できない。

「よく思い出してください。どんな話をしました？　彼女の態度に変化はありませんでしたか」

『いや、ないですよ……』

「本当にそうですか？　なにかありませんか」

毛利としては攻めたつもりが逆襲にあったような思いだろう。

『世間話くらいしかしてないですよ……恋バナとか』

「どんな内容です？」

『よくある話です。付き合っている人はいるのかとか、あと紗季さんが付き合っていたという男のこととか……あああ、頭が痛い』

懸命に思い出そうとしているのか、それとも頭脳明晰さをアピールできないことを取り繕っているのかはわからなかった。

「まあ無理しないでください。なにか思い当たったら連絡ください」

『はい……』

ようやく通話を終わらせたが、兎束の中では小さな疑念が、わだかまりや違和感をエネルギーにしてどんどん肥大していくような気がした。


秋山はメールにあったとおり皇居二重橋前の芝生の淵に腰かけていた。コンビニ袋にあんぱんの包装紙を突っ込む。その中には飲み終えた牛乳パックが詰めてあった。

それを見て兎束は順序が逆ではないかと思う。口の中に残ったあんを最後に牛乳で流し込んだほうが爽やかになるのではないかと思えてしかたがない。

「ここはよう、考え事をするにはいいんだよ。まあ座れよ」

秋山が太陽を背にする兎束に、眩しそうに目を細めながら言った。

「結構です」

「なんだよ、感じ悪いなあ」

「別に秋山さんがどうこうじゃありません。そこに座りたくないだけです」

秋山が膝を叩く。

「それで、考え事ってなんですか」

「それなあ……小菅で言ったこと覚えているか」

「元組長の瀬間と取引したことですか」

「そう、情報交換。ちょっとした情報をもらったからよ、どんな警察情報を渡そうかってな」

「秋山さん、まさか本気で」

「本気だよ。約束は守らねえと、道理がたたねぇからよ」

「道理って……秋山さんは警察官ですよ、なにを考えているんですか」

「紗季のことだ」

秋山はきっぱりと言った。

「あいつが死ななきゃならなかった理由だ」

「気持ちはわかりますが」

「わかって欲しくなんてねえよ。だがな、どうしても納得できねぇ。紗季が暮らした八王子はなんの縁もゆかりもない街だ。それだけにまったく新しい人生を送れると思った。なぜだ？　どうやって水城は彼女を見つけた？」

もし水城が紗季を見つけなかったら、彼女は平凡だけどかけがえのない毎日を過ごしていただろう。やがて恋をして、家庭を持ったかもしれない。

秋山はきっとそんな未来の姿を描いていたはずだ。それを奪われたのだ。まるで自分の娘がそうなったかのような怒りを抱いている。

故にすべてを明らかにする。そのための手段は選ばない。

それが秋山の復讐であり、弔《とむら》いでもある。

そんな印象を受けた。

「で、どうするんだ。来るのか？」

秋山は立ち上がり、尻を叩いた。

「どこへですか」

「六郷《ろくごう》だ」


神奈川との県境で蒲田からほど近い下町。羽田から東京湾に注ぐ手前で大きく湾曲する多《た》摩《ま》川に三方を囲まれ、国道一五号線や鉄道がその真ん中を貫いている。

町工場が並ぶ一角に中規模マンションの建築現場があり、まだできあがってもいないのに、壁には〝全戸完売御礼〟のポスターが貼ってあった。

「誰かと思えば秋山さん、こんなところにまでどうしたんですか」

高橋《たかはし》と名乗る五十代の痩せた男は、ヘルメットをとって薄くなった頭を掻いた。かつて鶴島会に所属したヤクザだったが、いまは配管作業員として働いているという。

「まじめにやっているか視察に来たんだ」

「勘弁してくださいよ。で、ご用の向きは？」

仕事が気になるのか、急《せ》かすように言った。

「高島紗季って女を知っているか。お前んとこの〝ちょんの間〟で囲っていた子だよ」

どうやら高橋は、紗季が働かされていた売春小屋、デリヘルの拠点をまとめていた人物のようだった。

「高島紗季……どうかな」

現場の中は暑かったのか、寒空の下で額に浮いた汗を拭う。

「なにしろたくさんの女がいたし、入れ替わりも激しかったし……おおっと、怖《こえ》な、なんだよこいつ」

女性をまるでモノのように扱う態度に、兎束は怒りが込み上げるのを必死で抑えていたが、それが顔に出てしまっていたようだ。

秋山は、まあまあと言って高橋に聞く。

「本名で呼んでたのかどうかもわからないから」

秋山は内ポケットから紗季の写真を取り出して見せたが、高橋は眉間の皺を緩めない。

「わからないなぁ」

「だがお前が管理していた女だと聞いたぞ」

「聞いたって誰にっすか。どっかのガセに振り回されないでくださいよ。いまは真《ま》っ当《とう》に仕事していいるんですから」

「瀬間が言ったことがガセだって？」

高橋の血の気が引いた。

「え……まさか組長に」

しばらく訝しむように秋山を窺っていたが、嘘ではないと悟ったのか、今度は食い入るように写真を見た。

しかし、いま秋山が見せている写真は社会復帰後のものだ。当時とはかなり人相が違っているかもしれない。

それでも元組長からのつながりとなれば真剣にもなるようだ。ようやく声を絞り出した。

「その子かどうかはわからないけど、シノが面倒見てた子かもしれない」

「シノ？」

「ああ、篠原《しのはら》っていうチンピラだよ。女の子らのスカウトと監督をやってた。女の子をナンパして働かせるんだ。あ、もちろん同意のもとだよ」

最後は兎束のほうを向いて言った。

「高島紗季はまだ未成年だった。それをお前たちは——」

「あー、はいはいはい」

秋山が間に割り込み、そのビジネスについていくつか質問をした。

高橋の下には十名ほどのチンピラがいて、それぞれが街で女性に声をかけ、売春をさせたりアダルトビデオへの出演を斡旋したりしていたらしい。

篠原はその中のひとりだという。

「その篠原はいまどこに？」

「いや、もう死んだよ」

「いつだ？」

「二年くらい前かな。車の事故だよ。千葉のどこかでガードレールを突き破ってな、海に落ちたんだってよ」

手がかりが途絶《とだ》えた……秋山は小さく悪態をついた。

「でもあいつ、なにかやらかしたって話だった」

「説明しろ」

「俺は知らないよ。だけど事故ってのもさ、うちらの幹部連中に追われていたからじゃねえかって話だった」

「どういうことだ」

「だから知らないんだって。ただあの頃は秋山さんも知ってるでしょ、水城って男がいてさ、若い連中には人気があった。組の幹部はチンピラなんて相手にしないけど水城は違うからさ。シノも慕ってたようだし。それで幹部たちの怒りを買っちまったんじゃないかな。それこそ組長に聞いてみてくれよ」

秋山はなにかに気づいたようだ。距離を詰め、地響きのような声を出した。

「二年前って言ったらよう、俺たちが手入れをした頃じゃねえか。それに関係しているのか」

「しつこいなあ、ほんとに知らないんだってばよ。ただ、例のチャイナとの取引が無茶苦茶になって、幹部は水城を逆恨みしていたから、水城と仲が良かった組員を〝刈り取って〟たって話だよ」

鶴島会は瀬間派と水城派に分裂していたようだ。それでも幹部たちが水城を大目に見ていたのは利益をもたらしていたからだろう。

しかし落日のきっかけになったチャイニーズマフィアとの麻薬取引の失敗、この原因を作ったのが水城で、水城に付いていた者が迫害されていたということか。

「お前はどっち派だったんだ」

秋山が聞くと、高橋は困ったような顔をした。

「俺なんて下っ端は関係ないよ。むしろ板挟み。だけど義理があるからさ、組は裏切れねえよ」

「義理？　笑わせんな。お前は顔色を窺うのがうまくて、その時の流れでどっちつかずだったって評判だぞ」

「おい、ちょっと勘弁してくれよ」

高橋の顔に、一瞬、極道の名残りが現れたように見えた。

「あの大きな麻薬取引。あれを成功させたら瀬間は水城を切るつもりだったんじゃねぇのか。だからお前は瀬間側についた。お前らが言う水城の裏切りっていうのは、瀬間の扱いに頭にきた水城が謀反を企てたってことなんだろ」

「どうにでも取ってくださいよ」

そこに兎束の携帯電話が鳴った。木場からだった。兎束は二人に背を向け、距離をとりながら通話ボタンを押した。

「えっ、本当ですか！」

滅多《めった》に声を荒らげない兎束の声に、秋山は高橋を解放し、横に立った。

兎束はマイクに手を当てて言う。

「滝本麻美さんが……枝川《えだがわ》交番で保護されました」

「なんだと！」

秋山が大声で叫び、近くを散歩していた柴犬が尻尾《しっぽ》を下げ、足早に去った。

「はい、はい。それで……なるほど」

兎束はまた秋山に伝える。

「監禁されていた倉庫で、二人の男が心肺停止状態。ひとりは榎本、もうひとりは……水城と思われます」

　さらに大声で叫ぶかと身構えたが、秋山は無言で、ただぎょろ目だけが飛び出しそうになっていた。

「それで滝本さんは……了解です。とりあえず私は病院に行って、それから現場に向かいます」

　通話を終わらせると、秋山はまだ思案顔だった。

「滝本さんは無事です。とくに怪我もないと」

「そうか、それはよかった。だが……どういう状況だ。誰が二人を殺《や》ったんだ？」

「それが、どうやら、二人は刺し違えたようです。なにが起こったのかはわかりません。他の拉致犯らは散り散りになったそうで、ひとり残された滝本さんは交番に駆け込んだということのようです」

　秋山は後頭部に手を当て、まるですべての答えがそこに書いてあるかのように、地面に視線を落とし、一歩二歩と足を進めた。

　そして五歩目で振り返った。

「お前は滝本さんのところに行くんだな？」

「はい、話を聞いてきます」

「わかった。俺はまた小菅に行く」

その思い詰めたような顔が気になったが、いまは麻美の姿を確認することがなによりも大切に思えた。

麻美とは病室で対面した。

警備のこともあり個室だったが、自費でアップグレードした恵美とは違い、質素なものだった。

拉致は六日に及んでいたが、そのわりには顔色は悪くなく、報告にあった通り怪我もなさそうだった。

点滴はつながれていたものの、横になるほどでもないらしく、窓際に置かれたソファーに座ってミネラルウォーターを口にしていた。

兎束はまず頭を下げた。

「先日は大変申し訳ありませんでした。滝本さんには怖い思いをさせてしまいました」

「いえ。兎束さんの責任ではありません。それより、あの……毛利さんは……大丈夫だったのですか？」

「ええ、いまは口うるさくて困るくらいです」

麻美は、よかったと呟き、微笑みながら俯いた。

「体調はいかがですか」

「食事は出されていたのですが、睡眠が十分に取れなかったので、いまはただただ疲れたというか、倦怠感《けんたいかん》が強い感じです」

麻美は薬学の研究者だが基本的な医療知識もある。点滴の種類や効果、患者として自分に必要なことなどを理解できているからこそ落ち着いていられるのだろう。

「それで、連中はどうしてあなたを拉致したのでしょうか」

「それが、私にもよくわからないのです」

麻美は両眉をハの字に下げた。

「わからない？」

「ええ、なにも聞かれなかったんです。監禁はされましたが、抵抗しなかったら特になにもされませんでしたし」

「なにかを強要されたりとかは？」

「いえ、ありません。ただ閉じ込められていただけで」

兎東は首を捻る。

「では、やつらはなぜあなたを監禁し続けたのでしょうか」

「たぶんですけど……私がなにかを知っていると一方的に思っていて、それが警察に伝わるのを恐れていたのではないかと」

「なにかって、なんなのでしょう。お心当たりは？」

麻美は首を横に振った。

「それが……ないんです。そのことを追及されるわけでもなかったので」

水城らはいったいなにを考えていたのだろうか。

「広尾のクリニックに行かれていましたよね？　紗季さんもそこに」

「はい、その通りです」

「そこでなにを？」

室内には兎束だけだったが、それでも他を気にするように、声を抑えて言った。

「抗麻薬ワクチンの研究です」

「富嶽製薬で行っていた治験の続きですか？」

こくりと頷いた。

「しかし、あんな小規模でワクチンの開発ができるんですか？」

すると麻美は首を振る。

「いえ、もちろん完成させることが目的ではありません。製薬には規模の大きなラボが必要ですので」

「では、いったい？」

「補足なんです」

麻美の説明によると、富嶽製薬の治験中止は急なものだったようだ。そのために本来予定していたフェーズ1と呼ばれるステップを完了できなかった。

あと一か月ほどの期間があれば、追加検証を行い、論文を作成して、日本だけでなく海外の製薬会社などに売り込み、次のフェーズにつなげることができると思ったようだ。

兎束は、なるほど、と頷いた。それならば納得できた。

「それを水城がお膳立《ぜんだ》てしたということですか」

「その通りです」

「ちなみに、クリニックの大貫院長とは」

「はい。お会いしたことがあります」

「大貫さん、実は四日ほど前に亡くなったんです」

麻美は息を吸い込み、胸に手を当てた。

「我々は殺人事件だと考えていますが、この件については」

「いえ、まったくわかりません。でも、どうしてそんな……。どうして私のまわりで……」

麻美から見れば、自分が関わった者がみんな死んでいくように見えてくるのかもしれない。まるで自分が悪魔になってしまったかのように、顔色が悪くなっていく。

「すいません、こんな状況なのに、いろいろと聞いてしまって。あと少しだけ。もう他の刑事が聞いたかもしれませんが、なにが起こったのかを、簡単でいいので順を追って教えていただけませんか」

「はい……」

思い出すのも辛そうだったが、麻美はぽつりぽつりと話しはじめた。

――マンションで拉致されたあと、倉庫に連れて行かれました。騒いだり、逃亡しようとしたら親兄弟も殺すと言われて従うしかありませんでした。

――その中に榎本さんがいました。一番年配の方です。あの方は水城さんの運転手をされていたので、何度かお会いしたことがありました。

――倉庫には水城さんがいました。いろいろ訳を聞いたのですが、しばらく留まるようにと言うだけで取り合ってくれません。

――私は倉庫内のコンテナの中にいました。建築現場の移動事務所に使われているようなもので、簡易ベッドなどが備え付けてありました。

――倉庫には常に二、三人の男の人がいて、食事は、コンビニなどに買い出しに行ってくれました。一応、なにを食べたいかなどは聞いてくれました。

――水城さんはいつもいるわけではなかったのですが、最後に来た時に榎本さんと言い争いを始めました。そして榎本さんがいきなり水城さんをナイフで刺してしまいました。

――でも、水城さんは銃を持っていて、何発か発射しました。

――他の人たちは、すぐに出ていってしまいました。

――私は怖くて、ひとりになってもコンテナの中でドアが開かないようにずっと押さえていました。

一連の出来事をメモに取り、そのことについて追加質問をしたかったが、麻美の顔に疲労の色が表れていたのでそこで終わることにした。

「わかりました。いまはゆっくりしてください。落ち着いたらまたお話を聞かせていただくことになるかと思いますが」

「はい。すいません、休ませていただきます」

麻美はベッドによじ登るように身を横たえると、兎束に小さく頭を下げた。


兎束は監禁現場であると同時に、水城と榎本の死亡現場となった潮見《しおみ》の倉庫に向かった。先に到着していた木場が手を上げる。

「水城と榎本はすでに運び出されています。司法解剖はこれからですが、水城は腹部を中心に少なくとも三か所の刺し傷があるそうです。防御創は特にないということですから、一瞬の出来事だったんでしょう。対して榎本は9ミリ口径の拳銃で二発撃たれています。うち一発が胸に当たり、致命傷となりました。その拳銃も水城が握っていました」

防御創がないということは、刺されるまで凶器を持っていることに気づかなかった可能性が高い。体ごとぶつかり、素早く三回……つまり榎本は確かな殺意を持ち、冷静にそれを行ったのだ。

「三か所となると強い恨みも感じられますね」

まだ鑑識が検証中のため、兎束と木場は両者が倒れていたとされる場所をやや離れたところから見ていた。

水城は仰向け、榎本は体を丸めるような恰好で、三メートルほど離れた状態で死亡していたという。

「水城は、どうして拳銃を持っていたんでしょうか。どちらかというとインテリヤクザ、頭脳派というイメージでしたが」

表参道で相対した時のことを思い出した。

武力には頼らない。必要ならば配下の者にやらせて自らは手を汚さない。そんな印象だった。

「そうですね、組対がルシファーを調べていますが、これまでのところ拳銃絡みの事件は起こしていないようですしね」

兎束は、どこか現実感が希薄になっているような状況だった。懸命に迫ってきたものが、目の前で霧になって消えてしまったかのような。下手をすると、すべてが中途半端なまま終わってしまいそうな気がしてしまう。

「仲間割れ……でしょうか？」

木場は頭を横に振る。

「そうですね。いまのところ他に原因が見当たりません」

兎束はあたりを見渡し、鑑識が慌ただしく動き回る様子を、どこかまったく違う現場を眺めているような気になっていた。そして呟いた。

「あの、これで終わりなんでしょうか？」

一連の事件は、ここからは証言などを基にした検証のステージに入る。しかし、重要な証人の多くが失われてしまっている。それぞれのパズルのピースは揃えることができたが、並べ方が正しくないために絵としては見えてこない。そんな感じだった。

「どうも収まりが悪い気がして」

木場も同感とばかりに頷いた。

「ええ、死人まで出ているのに結局誰がなんの目的で起こしたのかがわからない。それが捜査を混乱させる。滝本さんの証言に期待するしかないな」

兎束は現場を見て回った。

現場はかつて梱包材の倉庫として使われていたようで、テニスコートくらいの広さがあった。天井高も五メートルほどあり、本当にテニスが出来そうだ。

隅にくすんだソファーセットにテレビ、ゲーム機があり、周囲には食べ散らかしたゴミや酒の空き缶などが転がっていた。

キャンプ用のマットに寝袋。その近くにストーブが置いてあったが、この広さでは特に夜は寒かったのではないか。

広い空間のほぼ真ん中にポツンとコンテナがひとつ置かれていた。麻美が証言したとおり、工事現場などで事務所としてよく使われるものだったが、中は埃《ほこり》っぽく、狭く、暗かった。

麻美はここに閉じ込められていたという。

簡易ベッドが置いてあるだけで、おおよそ快適からはほど遠い。独房と言ってもよいくらいだった。

引き違い窓がひとつあり、ここから水城と榎本が殺し合ったのを見たのだろう。そのショックは計り知れなかった。

しかし、なぜ……。

携帯電話に着信があり、ディスプレイには恵美の名前があった。

『どうなったの？　麻美さんは？』

早速、情報を聞きつけたらしい。

「無事ですよ。怪我などもありません」

『よかったー、ていうかまず連絡してくださいよ！』

「こちらもまだやることがあるんですよ」

『じゃあ手伝いますから現在までわかった事を教えてください』

本当に安楽椅子探偵気分なんだなと思いながらも、負傷させてしまったことに責任の一端を感じ、無下《むげ》にもできない。

「滝本さんを拉致した者のひとり、榎本という元鶴島会の男が水城を刺したものの反撃にあい、両者死亡しました。そこで滝本さんは交番に保護を求めたというわけです」

『原因は？　麻美さんはなんで拉致されたんです？』

「どちらもわかっていません。二人とも死んでしまいましたからね、あとは麻美さんの証言が頼りです」

『あれ、ぴょんはいまどこに？』

「現場検証中です」

『あ、写真！　写真送ってください』

「リンカーン・ライムですか」

『それ以上です』

どこから来るのだろうか、その根拠のない自信は。

『なにか考えていないと、襲われた時のことを思い出してトラウマになるの……』

その手には乗らないと思いつつも、なにか考えていたいというのは本当だろうという気もする。

「わかりましたよ、何枚か送ります。なにか気づいたら教えてください」

恵美は上機嫌で電話を切った。写真が来るのをいまかいまかと待ち構えているのだろう。

隣で苦笑いする木場に肩をすくめて見せると現場の様子を何枚か撮影し、これで数日静かになってくれればと思いながら恵美に送信した。

その日の夜の捜査会議は怒濤《どとう》の展開となった事件背景の確認と、これまでに得られた情報の正否を洗い出すことに多くの時間を割いていた。

「結局我々は後手に回っていたわけだな」

福川のそのひと言がすべてを物語っていた。

警察の捜査は常に迷走していて、自らの手で解決を導いたわけではなかったのだから、達成感は皆無だ。

さらに水城と榎本。出さなくてもいい犠牲者を無用に出してしまったことも悔やまれる。

「兎束、拉致の目的についてはなにかわかったのか」

兎束は立ち上がりながらメモを一瞥したが、この時点では特に報告することもなかった。

「水城は、警察に話されたくないことを滝本さんが知っていると思い、そのためにリスクを犯してまで我々から滝本さんの身柄を奪ったものの、滝本さん自身もその理由を認識できておりません」

「どういうことなんだ、それは」

「これについては水城が死んだ以上知ることは難しいですが、秋山警部補が元鶴島会の連中を中心に情報を集めています」

福川が部屋を見渡す。

「秋山警部補の姿が見えないようだが」

「小菅に行くと言っていましたが」

「小菅？　まさか拘置所か？」

「はい、元鶴島会組長の瀬間と面会するためだと思われます」

福川は背もたれにもたれながら、あきれたように手にしていたボールペンを机の上に投げた。

「なぜ瀬間が出てくるんだ」

「独自の情報網としか」

兎束は苦し紛れに答えるしかなかった。

秋山の行動の責任までは取れない。

福川は腕組みしながら兎束を睨んでいたが、深いため息をついた。

「明日、報告するように伝えておけ」

兎束は秋山を報告の場に引っ張り出せるのか、不安しかなかった。

9

『ヤクザにはな、テレパシーみたいなものがあるんだ』

朝一番で秋山に連絡をし、福川に報告するように伝えた。ひとこと了解と言ってくれればそれで良かったのだが、その代わりに榎本の行動を説明しようとする。

「ですから、それは会議の場で一課長に直接言ってくださいよ」

『いいから聞けって。いいか、こういう時はどうすべきなのか。ああなったらどうするのか。誰が？　どうやって？　その見返りは？　そういうのがさ、ヤクザにはＤＮＡみたいに刻まれてんだ。だから、はっきり言わなくても「あれ」ですべてが動いちまう』

まさか自分に代わりに報告させようとしているのではなかろうか。

兎束は話を遮ろうとしたが、それでも榎本がなぜ水城を殺害したのか理由を知りたかった。だからつい耳を傾けてしまう。

「すべてが「あれ」で動くとはどういうことですか」

『おかしいと思ったんだよ。榎本は瀬間に可愛がられていた。人一倍仁義に厚かったあいつがなぜ水城のグループに入ったのか』

「行く当てがなかったからでは」

『違うな』

「どう違うんです」

すると秋山は黙ってしまう。

ふとDNAの件を思い出した。言わなくても伝わる……。

「まさか、榎本ははじめから水城を狙っていたということですか。しかもそれは瀬間の命によるものだと？」

『ああ。昨日、瀬間と会ってきたが、榎本まで死んだというのに、どこか満足げでな。だから水城と確執があったのは榎本じゃねえ、瀬間だ』

「確執って……あ、鶴島会崩壊のきっかけを水城が作ったと瀬間は思っているんですね」

『そうだ。しかしこれまで確証がなかった。だから榎本を潜り込ませたんだ』

兎束は眉をひそめた。

「ちょっと待ってください。もし瀬間が榎本を水城のところに送り込んだとしたら、滝本さんが拉致されていることを知っていたということになりませんか」

『そうだ。だから昨日、すぐに小菅に行ったんだ。瀬間は滝本さんの監禁場所を知っていながら俺たちには隠した。それは復讐を遂げるためだ。それだけの執念を持っている』

「瀬間はなんて言っていたんですか？」

『もちろん〝なんのことかわかりません〟だよ。悔しいがテレパシーは証明できない』

「執念……。潜り込んでから水城を殺すまでに時間がかかっていますが、榎本はその間、屈辱にひたすら耐えていた」

『ああ。いくら水城でも、急に入ってきた榎本にオープンにはならんだろう。しばらくは警戒し、試すために汚い仕事もさせていたはずだ』

「ということは、榎本が行動を起こしたのは、鶴島会を崩壊させたのが水城だという確証が得られたからということなんですね？」

『そう思えば辻褄が合う』

ふと、兎束はいやな予感がした。

「まさかと思いますが、それって滝本さんが絡んでいるってことないですよね」

水城が鶴島会を崩壊させたという情報を、もし麻美が持っていたら——。そしてなにかの機会に榎本が知ってしまったら……。

『それは俺も考えた。タイミングとしてはバッチリなんだが関連がわからない。彼女は研究一筋で裏社会とのつながりはない。水城と知り合ったのも鶴島会が崩壊したあとだ』

確かにそれは謎だったが、わかったこともある。

「秋山さんが鶴島会を追っているのはそういうことなんですね」

『ああ。紗季が死んだのも、鶴島会崩壊に端を発している気がしてならねぇんだ。俺はこのまま鶴島会を当たる。お前は滝本さんから状況を聞き出してくれ』

「了解です」

電話を切ってから、しまったと思った。

いまの話は秋山に報告させたかったのに。

慌ててかけ直すが秋山は出ない。

兎束は福川の渋い顔を思い浮かべた。


結局、捜査会議で兎束は秋山の代弁をすることになった。

会議室がざわつくような報告をなぜ自分でしないのかと恨めしく思う。なにを聞かれても兎束は答えを持っていないのだ。

ひととおり話を聞いた福川が、自分の理解を確かめるように聞いた。

「榎本は水城の背信を確かめるために水城のトクリュウに加わり、なにかしらの確証を得て殺害に至った、ということになるのか？」

「秋山警部補はそう解釈しています」

自分ではない、と印象付けた。

「ならば、タイミング的にその情報を得るために滝本さんを拉致したように見えるが？」

「いえ、拉致の指示は水城だったはずです。榎本の個人的な意思では他の連中を動かせないでしょう」

「訳がわからんな」

そうなのだ。矛盾する情報が溢れて思考が収まりきれないのだ。

「次っ、水城の携帯電話の解析はどうなっている」

ようやく解放されて兎束は席に着く。斜め前に座る木場が、同情の視線を寄越してきた。

「水城のメールや電話の履歴自体に不審なものはありませんでした。ただ『サーキットブレイカー』というメッセージアプリがインストールされておりまして、こちらはメッセージが一定時間を経過すると自動で消去されるようになっています。実際、なにもない状態でした」

「しかし、そのアプリを使っていただけの理由があるということだな」

「はい。同アプリケーションは多くの犯罪で使用されたケースがあります」

その報告が終わり、捜査員が着席しても福川の声が聞かれるまでに間があった。常に間髪を容《い》れずに明確な指示を飛ばしてきたのに、皆が戸惑うほどに静かで、それはずいぶんと長く感じた。

恵美から着信があったのは捜査会議が終わった五分後で、相変わらずの勘の良さに呆れる。ひょっとしたらどこかにカメラでも仕込んでいるのではないかと勘繰《かんぐ》ってしまう。

『どうでした、捜査会議』

「患者らしくおとなしくできないんですか」

『元気な患者がいたらいけないんですか？　元気になろうとしている患者さんに対しても、元気になるなと言っているんですか？』

ああ、面倒くさい……。

兎束は会議の内容を要約して伝えてやった。

『うわぁ、カオスですね』

「なにか大事なことを見逃している気がしてなりません。どうにも腑《ふ》に落ちないのは、すべての事柄を一本に貫くような情報がまだ見つかっていないからのような気がします」

恵美は、ふぅん、と共感力ゼロの気のない返事をし、ところで、と切り出した。

『現場の写真を見ててちょっと気づいたことがあるんですけど、いまから現場に行ってもらえませんか』

実は兎束もこのあと潮見の現場に行こうと思っていたのだが、恵美に言われると不思議とその足が止まる。

「現場になんの用です？」

『迷ったら現場百回っていうでしょ。でもあたしは行けないから、あたしの目になって欲しいんですって』

「ライムさん、なにが気になるんです」

兎束は皮肉をこめてそう呼んだが、恵美はまんざらでもなさそうだった。

『まず、水城の携帯電話ですが』

「いま説明したとおり、解析中です」

『違いますって。携帯電話に血痕《けっこん》はありました？』

「報告にはあがっていませんけど、なにか」

『だって、水城の横に落ちてたんでしょ？　ってことは刺された時は手に持っていたってことじゃないです？　でも手に持ってたら、ほら、血がつきそうじゃん』

ファイルをめくって現場検証の写真を引っ張り出した。

搬送する前に撮られたものだ。水城は仰向けに倒れており、携帯電話は左肩の横、およそ三十センチの位置に落ちていた。

「ポケットに入れていて、倒れた拍子に飛び出したとか」

『どこのポケットです？』

「ジャケットの胸ポケットなら落ちやすいかもしれません」

『あのスマホは6・7インチモデルです。入らないことはないけど、不自然です。たぶん頭の部分は飛び出てしまうし、キツキツなのに、わざわざそこに入れます？』

秒で却下された。

『仮に刺されたあとに自分で救急車を呼ぼうとしたとしても、血痕は付くはずですよね』

「じゃあ、手に持っていなかったのに、外に落ちていたというのは？」

『だからそれを調べてくださいということです』

「そもそもどうしてそんなに気になるんですか」

『さあ……なんとなく。あ、あとさ、現場に残されていた空き缶とか吸い殻とかの――』

「回収して指紋採取、DNA鑑定に回されています。拉致に加わった男ら三名の行方がわかっていないですからね」

『前科者の情報などは？』

「いまのところありません。ただDNA検査の結果、七名の人物があの場所にいたことがわかっています」

ふむ、と聞こえた。

『水城、拉致犯四名、麻美さん。あれ、ひとり足りませんね』

「理解していますが、混在ルートが不明なのでそれがどれだけ重要なのかもわかりません。もともとあったのかもしれないし、たとえば倉庫の管理人かもしれない」

また、ふむ、と聞こえた。

『あと最後にもうひとつ疑問が。拉致犯たちがそのまま見張りについていたって言ってましたよね』

「ええ、滝本さんの証言によるとそうですね」

『女ひとりに男四人ですか。多すぎません？』

「他にやることがなかったとか、仲良しだったとか」

兎束は半分ヤケで言ったものの、ふと気づいた。

麻美は家族に危害を加えると脅されて従うしかなかったと言っていた。実際、抵抗することなく潮見の倉庫まで行動を共にしている。

監禁中に逃げ出そうと思えばできるかもしれないが、家族が人質なら下手に動けないだろう。

ならば見張りは四人もいらないし、拉致の際も周囲を取り囲んで移動することもなかったはずだ。

行動には理由があるはずだ。いまは観察できる〝事柄〟と対になる〝理由〟が欠けている。これが気になってしかたがない。やはりなにかボタンをかけ違えている気がする。それはどこだ？

『ぴょんさーん？　戻ってきてー』

「あ、すいません」

『なにかわかりました？』

わかったことなどない。しかし――。

「気づいたことならあります」

『なんですか、それ』

「我々は、ずっと操られていたのかもしれません。だからいつまでたっても真相が見えてこない」

『誰かが情報を用意して、こちらが勝手に辻褄を合わせてくれるのを待っているみたいな？』

「まさにそうです」

このあたり、恵美がすんなり話を合わせられるのは嬉しく思う。反対意見を出される時も兎束は自分の理解を確かめられるし、兎束が前に進むのを邪魔しているわけではない。

ただ、半面、なぜか悔しくもある。バディとして認めてしまうようで……。

『でも誰が』

「ひとりではないのかもしれません」

『うん？』

兎束はセンパイの言葉を思い出していた。

「人間はひとつの流れを整理し理解することは得意です。しかしバイアスがかかってしまう危険性もある。○○だから××のはずだ、とか。さらに要素が二つ混ざると途端に理解が難しくなる」

『あたしたちが持っている情報は、複数の流れが入り混じっている？』

「ええ。だから一本にまとめようとするとチグハグな組み合わせになる。この事件に複数の思惑が入り混じっているとしたら、一つひとつを分けて整理していかないと真相は見えてきません」

お互いに無言になった。しかし兎束の中では熱の塊《かたまり》のようなものが沸騰していくような感覚だった。

まだなにもわかっていない。

だが、行き先は示された。そんな気がした。


昼間の会議室に人はまばらだった。

麻美の保護という緊急性の高い案件はひとまず解消され、水城と榎本の事件については双方の犯人が共に死亡しているため捜査本部はたたない。

現在、捜査が進行しているのは、高島紗季の死の真相と、クリニック院長の殺害についてだが緊張感が薄れてきていることは否定できなかった。

ただ、新たに入ってきた情報もある。

水城のオフィスを捜索したところ、机の引き出しの中から紗季の携帯電話がでてきた。内容については調査しているが、特に問題は見られていない。水城が削除した可能性も否定できないが、メール友達もおらず、普段からあまり使っていたような形跡はないとのことだった。

さらに水城が所持していた拳銃については、側近ともいえる立場にいた加藤という元鶴島会の男も知らなかったようだ。ただ、最近は怯えている様子が見られたといい、入手経路とあわせて調査されている。

兎束は、いままで得られた情報を並べて俯瞰できないかと頭を巡らせた。

恵美と話していて漠然と浮かんできた考え――混乱しているのは異なる筋道がない交ぜになっているからではないか。

AとBという二つの道筋があるが、それらの相反する要素を一本にまとめようとするからうまくいかないのだと。

瀬間は鶴島会崩壊のきっかけとなった消えた金塊について、水城の仕業《しわざ》だと考えていた。しかし証拠がないため、榎本を水城のトクリュウに潜り込ませた。そこで水城が金塊の強奪を企てたことを知り、殺害に及んだ。

おそらくこれは証明できないだろう。秋山曰《いわ》く、ヤクザは言葉にしなくても物事を動かすことができる。

そこに鑑識課の捜査員が入ってくると、福川の前に立った。

「麻布クリニック院長の殺害事件についてご報告があります」

そんな会話が耳に入ってきて、兎束は話が聞こえる場所まで移動する。

「榎本は水城の運転手をしていました。その車にはドライブレコーダーが設置されておりましたが、これは三百六十度監視できるタイプで、車内の映像も残されておりました。深夜早朝の急な呼び出しなど、扱いが悪かったことが見受けられます」

榎本は鶴島会の若頭まで務めた男だ。瀬間以外から命令されるなど屈辱だっただろう。その日頃の恨みが爆発したということなのか?

「そして院長が殺害された日、榎本は水城を広尾の現場まで送り届けています」

持っていたタブレットを操作して、室内に設置されていたモニターに映像を映し出した。

兎束はその中の一台の前に行き、食い入るように画面を見た。

「これはクリニックの前で車を降りた水城が、約十分後に戻ってきた際の映像です。画像が暗かったため明度を上げています。こちらに注目してください」

映像が止まり、ズームインする。

「水城が着ているシャツに模様が見えますが、これは車を降りる際にはなかったものです」

目を細めていた福川が唸る。

「返り血か?」

「まだ色彩がクリアになっていませんが、その可能性が高いかと思われます」

鑑識は冷静な声を保ったまま続ける。

「このあと車内でシャツを着替え、何食わぬ顔で中目黒でのパーティーに参加し、深夜一時過ぎに帰宅しています」

「ちょっといいですか」

兎束が声をかけると、鑑識は驚いたように振り返った。そこに兎束がいることに気づいていなかったようだ。

「クリニック院長が殺害された日から五日が過ぎていますが、ドライブレコーダーのメモリーは充分だったのでしょうか。稼働時間にもよりますが、一日もたずに上書きされることもあるので、よく残っていたな、と」

常時録画だと、メモリーが一杯になった時点で古いファイルから上書きされていく。

鑑識員は頷いた。

「その通りです。ただこれらの映像は保護フォルダに入っていました。つまり記録が上書きされないよう手動で保護された映像ということです」

「つまり榎本は、その時に水城が悪事を働いていることを察して、あえてその瞬間を残していた？」

「はい。水城の動向を探るために集団に潜り込んでいるので、情報収集をしていたのだと思います。いざという時の保険、または脅迫のために」

兎束は、なるほど、と言ってふと気づいた。

「保護フォルダの中には他にも動画が？」

「ええ、二十弱のファイルが入っていましたが、どれも犯行を裏づけるものではありませんでした」

「それらの動画ファイルの中で会話はしていなかったでしょうか」

「確認しましたが、会話はほぼありませんでしたね。榎本の立場というのが奴隷的で、水城は命令口調で最低限のことしか喋りません」

「しかし手動でわざわざ保存していたのなら意味があるはずです」

「例えば、なにかあると思って手動録画をあらかじめ開始したけど、特になにもなかったのかもしれませんし……」

兎束の背中を電気が走ったような衝撃があった。

「その動画にはGPS情報も？」

「ええ、記録されています。さきほどの映像も、麻布クリニックの前であることがGPSでも確認――」

「ではなく、他のファイルです。意味がなさそうだと思ったファイルの位置情報です。確認されましたか」

「なにが言いたいんだ、兎束」

困惑顔の鑑識員に代わって福川が聞いたが、その意図にすぐ気づいたようだ。

「八王子か？」

「その通りです」

「なぜそう思う」

ずっと違和感があるのに、その正体がわからないことがあった。

「高島さん宅の玄関、靴の並び方です」

兎束はメモ帳を机に置くと、ペンを走らせた。男四人の頭がくっつきそうになる。

「家宅捜索時の報告書にあった写真ですが、靴の並び方がこんな風になっていました。横に三足並べられるかどうかの幅しかありません。しかし両脇が縦列なのに真ん中が開いていました」

福川の隣で話を聞いていた管理官がその報告書を探し出し、その写真が見えるようにページを開いた。

紗季の住んでいたアパートは昔ながらの単身者用で、沓脱のスペースが狭い。すべて並べてもせいぜい六足分くらいだろう。

そこには三足の靴が並べてあった。スニーカー、ハイカットブーツ、発泡樹脂製のサンダル。ふつうであれば、これらは横並びに置かれるはずだ。

しかし、片側に二足、反対側に一足と、中央が大きく開いている。

「つまり？」

「普段履きと思われるスニーカーが遠いところにあるのはおかしいと思ったんです。出入りする時、普通なら手前のところで脱ぎ履きすると思うんです」

鑑識は首を捻り、福川も意味がわからないといった感じだった。

「真ん中をわざわざ開けているのは、来客があったからではないでしょうか」

「来客……」

福川がはっと顔を上げた。

「在宅中に誰かが訪ねてきて、部屋に上がるとなったら、真ん中で脱いでいた靴を寄せて、ゲストが脱ぎやすいようにした、ということか」

「その通りです。高島さんは発見時、裸足で発見されています。これはなんらかの理由で、靴を履く余裕がなく来客者を追った、もしくは――靴を履くという概念を失っていたのかもしれません」

「概念を失う……覚醒剤か」

兎束は頷いた。

「スニーカーが、普段ある場所にない。些細なことですが、覚醒剤による幻覚症状が現れていたら、対応することができなくても理解できます」

鑑識は携帯電話を取り出しながら、足を一歩引いた。速く戻りたいといった様子だった。

「すぐに調べます」

そう言って駆け足で部屋を出て行った。

十八時からはじまった捜査会議で、ドライブレコーダーの件が報告された。昼間に外出していた多くの捜査員にとって、麻布クリニック院長殺害の決定的とも言える瞬間の映像が残っていたことは驚きであり、安堵でもあった。本件については犯人が断定されたようなものだからだ。

「映像から、水城がクリニックを訪れたのが死亡推定時刻の範囲内にあることが確認されています。全体的に暗いですが、その表情からみても、咄嗟《とっさ》の犯行だった可能性があります」

確かに、水城の顔は、ふだんの自信に満ち溢れたものではなく、焦りのようなものが見てとれた。

「凶器は」

福川が聞く。

「検視の結果、凶器は刃渡り十センチ前後のナイフということでしたが、映像では確認できませんでした。ただ折りたたみのものであればポケットにも入りますので、隠し持っていた可能性もあります」

鑑識員は福川と兎束に小さく頷いてから報告を続ける。

「もう一点。このクリニックに通っていて、八王子駅近くの船森公園で亡くなっていた高島紗季さんについてです。前日の午後十時過ぎ、水城が高島さんの自宅アパートに行っていたことが、GPSの位置情報で判明しました。その際、水城は榎本を一旦解放しましたが、約二時間後の零時過ぎに再び呼び出し、八王子駅南口で合流、その後自宅に戻っています」

兎束は毛が逆立つような思いがした。

高島紗季が死ぬ数時間前に水城が訪ねていたということは、単なる薬物乱用者の事故ではない可能性が高まった。

ここに秋山がいたらきっと身を乗り出して、ひょっとしたら叫び出しただろうが、今日はずっと連絡がつかなかった。

兎束は挙手をして発言を求めた。

「高島紗季さんの死因は覚醒剤によるショック死でしたが、車内で覚醒剤に関して話をしていなかったでしょうか」

「ありませんでした。車に乗り込むなり『家』と言っただけで、会話らしい会話はありませんでした」

福川は情報を頭の中で整理するように眼鏡を外して、眉間を指で摘んだ。

「広尾の院長殺害については水城が関与した可能性が高い。それを念頭に裏付けをとってくれ」

死体に遺された痕跡や、水城の身長、利き腕などの特徴を傷と比較するなどして犯人像を描き出すのだ。

「それから高島紗季さんの死亡に水城が関わっているかはまだわからないが――」

担当者がわからなかったのか、福川は会議室全体を見渡して言った。

「彼女の遺体は現在どうなってる」

ざわついたあと、部屋の隅で手が上がった。八王子署から連絡要員として応援にきている事務畑の職員だった。

「親族の方と連絡が取れないため、現在は八王子市の法令に基づき、市管理の保管所に移されています。おそらくあと数日で火葬され、無縁仏として集合墓地に埋葬《まいそう》されるはずです」

「すぐに戻すように手配を。もう一度司法解剖に回す」

鑑識課長がおずおずと言う。

「しかし死因についてはもうはっきりとしています。信頼のおける解剖医による鑑定でしたし」

「違う。すべてを見直せと言っている。死因だけじゃなく、ありとあらゆる痕跡だ。彼女の死についてはわからないことが多い。水城が死の数時間前に訪ねているんだ。単なる薬物乱用者として処理することはできない」

兎束は大きく頷いていた。

「兎束っ、お前は滝本さんの聴取をしてくれ。現時点で高島さんを一番近くで見ていたのは彼女だ」

「了解です」

「それと監禁時の様子。特に榎本と水城の関係が窺い知れることがなかったかどうかも」

すべての事柄は、なんの矛盾もなくつながっているわけではない。真相はいまだ霧の中だ。

しかし、どこに向かえば良いのか、霧中に小さな光が見えた気がした。

10

麻美は検査入院を経て、帰宅が許されていた。脅威も去ったと判断されていたが、地域交番の巡回等を増やすことで対応している。

調布の自宅を訪ねると、出迎えた彼女の顔色は思ったよりも悪くなかったが、今でも監禁時のことを思い出してゆっくりと睡眠が取れないらしかった。

「こんな時にすみません」

兎束は言うと、麻美はかすかに微笑んだ。

「誰かと話していたほうが、気が楽になりますので」

麻美はソファーを勧めた。

前に来た時とくらべ、ずいぶんと荷物がすっきりしている。隣の部屋には大小さまざまな大きさの段ボールが積まれていた。

「お引っ越しですか？」

「ええ、でもこれはまだ準備だけですけど。知り合いが海外の大学におりまして、研究を手伝うことになっているんです。まずは短期で行きまして、本格的な引っ越しはその後の予定です」

やや寂しそうな顔になる。

「自分の研究で手一杯でしたけど、いまはなにもないですから。いろいろあったので海外に出るのは延期しようと思っていましたが、今回は短期ですし、捜査に継続して協力できるなら大丈夫だと担当の刑事さんに言っていただけたので。それに、なんだか日本にいるのも落ち着かなくて」

「わかります。我々も滝本さんのキャリアに影響しないよう配慮いたしますので」

「ありがとうございます」

では、と前置きをして兎束はメモ帳を取り出した。

「監禁されていた時のことなのですが、あなたは倉庫内のコンテナに閉じ込められていたと」

「はい。仮設トイレが裏手にありまして、外に出るのはその時だけでした。コンテナにドアはありましたが鍵はなくて、昼も夜も寝られませんでした。ひょっとして襲われるのではないかと……」

そんな環境下に置かれることは、精神的な苦痛も大きかっただろう。

「水城と榎本が争っていた時、あなたはコンテナに？」

麻美は思い出すのも怖いのか、きゅっと目を閉じた。

「……はい」

「お辛いとは思いますが、どうかご理解ください。その時口論のようなものがあったのでしょうか」

麻美は首を小さく横に振る。

「コンテナの中は、意外と声は聞こえませんでしたから。その日、水城さんが姿を見せたのはお昼過ぎで、あの人……榎本さんがいきなり……」

ふうっ、と息をつき、自分を落ち着かせるように胸に手を置いた。

「……すいません。ちょっと動悸《どうき》が」

「大丈夫ですか」

麻美は呼吸を整えて、大丈夫ですと答えた。

「ではあなたから見て、あの二人の関係はどのように思えましたか？」

「関係ですか……。そうですね、うまく言えませんが、会社だったら水城さんはベテラン社員を部下に持つ若手の幹部のような感じでしょうか」

「そう思われるのはなぜでしょう」

「なんとなくなんですが。榎本さんは水城さんの指示には従うのですが……プライドがあったんだと思います。お二人がどういう関係かはわかりませんが、榎本さんはずいぶんと我慢していて、水城さんはそれを楽しんでいるというか……すいません、うまく言えません」

鶴島会の幹部を務めた男がチンピラ同様の扱いを受けていたなら、榎本の感情も想像できる。

「現場にいたのは、水城、榎本、拉致に関わった男三名の五名で、これ以外の人物が出入りすることはなかったということで間違いないでしょうか」

「はい、私が知る限りは」

「実は、現場にもうひとりの人物がいた形跡があるのですが、お心当たりはないでしょうか」

麻美は首をかしげる。

「私は見ていないと思います。コンテナの中では、主にドアの前に寄りかかって座っていたんです。寝てしまったとしても、誰かがドアを開けようとしたらわかるので。ひょっとしたらウトウトしていた時に来ていたのかもしれません」

兎束はメモを閉じると内ポケットに仕舞う。

「拉致された原因について、その後いかがでしょうか。なにか思い当たることはないでしょうか」

「すいません……これと言って」

「わかりました。最後にもう一点。実は高島紗季さんが亡くなる直前、水城は彼女の自宅を訪ねているのですが、理由はおわかりでしょうか」

えっ、と小さく声を出した。

「自宅にですか……どうして……。すいませんわかりません」

麻美はそう言いながらも、しゅっと目を細めた。

「なにかお心当たりが？」

麻美は慌てて、いえいえ、と手を振ったが、ぽつりと言った。

「私が監禁されている時、水城さんは紗季さんのことをよく聞いてきました。彼女の言動に変わったことがなかったかと。私が紗季さんと二人で一緒にいる時間が一番長いからと言っていたのですが。本人も自宅を訪ねる関係だったのか、と。あの二人はどういった関係なのでしょうか。あっ――」

「どうしました」

「あ、いえ。紗季さんが『彼氏』のことを言っていたので、ひょっとしてと思って」

水城が？

言葉巧みに紗季と都合よく関係を持っていたことは否定できないが……。水城が日常的に訪れていたかどうかはわからない。いまはっきりしているのは、彼女は死の直前に水城と会っていたということだけだ。

「わかりました、参考になります。本日はありがとうございました」

立ち上がった兎束に倣い、麻美は玄関で見送る。靴を履きながら、ふと気になった。

「どうかされましたか」

「あ、すいません。もうひとつ。水城ですが、二人が争っていた時、手に携帯電話を持っていたかどうかわかりますか」

「携帯電話ですか」

「ええ。水城が倒れた近くに落ちていたのですが」

麻美は思案顔になる。

「どうでしたでしょう……衝撃的な光景だったので細かいところまでは覚えていなくて」

「まあそうですよね」

「でも携帯電話を手にしていたかどうかが重要なんですか」

「いえまったく」

兎束は苦笑した。

「ただ細かいことが気になる性格でして。ではこれで」

兎束は麻美のマンションを出ると駅に向かった。

わずかに湧いた疑念を悟られないよう、早歩きになっていた。


「なぜ携帯電話が気になるんですか」

兎束の問いに、電話口の恵美が口ごもった。

『そんな、ただなんとなく言っただけで』

そうなのだ。恵美は深い洞察力でもって問題を提起するわけではない。ある種の直感を、なんのフィルターもかけず思いついたまま口にするだけなのだ。

そのほとんどがなんの意味もないことだが、時として兎束の思考を刺激する。センパイは論理が破綻した思考の進め方を嫌っていて、兎束もそれを叩き込まれてきたが、恵美が指摘した携帯電話の件は、がん細胞のように増殖し落ち着かなくさせていた。

『逆になんでぴょんは、あたしが気になるっていったことが、そんなに気になるんですか』

こういう言い方もイラつかせる。

そもそも、いつのまにか『ぴょん』と呼んでいるのも許し難い。入院していることを逆手に取られているような気がした。

「携帯電話が落ちていた場所に、うまく落とせないんです」

『は?』

「ですから、どうやったらそうなるかと」

『待って、待って。やってみたんですか、自分で?』

「ええ、帰宅して部屋を掃除していた時にふと気になって、なんどか試してみました」

恵美が、くくく、と笑い始めた。

『夜な夜な、バタンバタンと倒れていたって……そんなの下の階の人に迷惑ですよ』

「もとはといえば毛利さんが言いはじめたことですよ」

『ですけど――で、携帯電話の場所が？』

「ええ。まずポケットに入れていた場合は、それがどこであれ外に飛び出すことはありませんでした。水城の両手には血がべったりとついていました。つまり刺された場所を両手で押さえたのだと思います。ということは、刺された時は携帯電話を手にした状態で、手放したあとに傷を押さえたということになります」

ふむふむ、と恵美。

「刺された直後、立った状態で傷を押さえようとして携帯電話を手放したとしたら、それは足元に近い場所になるはずです。しかし実際は肩の横あたりにありました。つまり、現場写真と同じ状況にするためには、やや後ろ方向に投げないといけない。これは不自然です」

ぼうぼう、と鼻息がマイクにぶつかる音が聞こえた。

「鑑識の見解では、床に落ちた血の滴《したた》り具合から、水城はまず右足を一歩後ろに引いたところでしばらく静止したのちに発砲、そのまま後ろに倒れています。ちなみに銃は腰のあたりに差し込んでいたようで、シャツに血痕がありました。また、銃は最後まで右手に握ったままでした」

左手に携帯電話を持っている状態で刺され、それを後方に投げる。それから傷を押さえ、右手を腰に回して銃を抜き、発砲。そのまま仰向けに崩れ落ちる。

兎東は何度となく試したが、どうやっても同じ状況にならなかった。

「もちろん警察官や救急隊員が駆けつけていますので、その際に動いた可能性は否定できませんが」

『麻美さんはなんて？』

「覚えていないそうです」

恵美の声がわずかにうわずった。

『ははん、ぴょんさん、なにかに気づいたんですね』

まったく性格が異なる人物でもコンビを組んでいると阿吽《あうん》の呼吸になってくるのが、なぜか悔しい。

「大したことではありません。ただ『覚えていません』と答えた時、思い出して答えたというよりは、当たり障《さわ》りのない回答を選択した、という気がしたんです」

『思い出したくもなかったのでは』

「ええ。単なる思い過ごしかもしれませんが」

ふーん、と声がして、五秒ほどの沈黙のあとに恵美が聞いた。

『捜査本部はもう解散したんですよね』

「ええ」

事件の全貌はまだ解明されていないが、警察のリソースは無限ではない。緊急性の高いものから人員を投入する。それは組織力で悪に対抗するためには必要な戦略だ。

差し迫った脅威がなく、裏付け捜査のためだけに多くの人員を投入し続けることはできない。

捜査本部としては解散されることになり、個々の案件については担当者が継続、場合によっては他の事件とかけ持ちでの捜査をつづけることになる。

兎束は高島紗季についての裏取りを割り振られた。もとはといえば秋山から捜査を強要されたのが発端だったが、もうずいぶん前の話のような気がした。

「歯がゆいのはなぜだろう」

兎束はつい呟いてしまった。

『あらあら、弱気じゃないですか』

「この事件、まだウラがあるというのは感じるんですが、それを証明できない。なにかを見逃していて、そのうちもっと大きなことが起こりそうで恐いですよ。でも、まずは高島さんの裏取りをきっちりやります。そこから見えてくるものがあるかもしれない」

最後は、いまは焦るな、と自分に言い聞かせるようだった。

「この事件の発端は高島紗季さんの死です。でも我々はあまりに彼女のことを知らない」

『しかたがないですよ。ま、そのあたりは第一人者のやっさんに聞けばよいのでは』

「そうなんですが、できるならいろんな角度から彼女を見てみたい」

そもそも、肝心の秋山と連絡が取れない。

「でも他に彼女を知っている人がいないというのが辛いトコロです。職場の人ですら付き合いがない。誰とも心のつながりを持たずに生きてきたんです」

そこで兎束は虚《きょ》を衝《つ》かれた気がした。

紗季を理解する上でまだ調べていない情報……。

「チンピラっ！」

『うわっ、びっくりした』

「確か篠原という鶴島会のチンピラがいました。やつがそもそも高島さんを裏の世界に引きずり込んだ。そこが出発点です。確か交通事故ですでに亡くなっているはずですが」

手帳に手を伸ばそうとした時、ちょっと待って、と恵美が言う。

『あー、千葉県鋸南町《きょなんまち》保田《ほた》の国道127号線、内房《うちぼう》なぎさラインでカーブを曲がりきれずにガードレールの切れ目に接触、横転して海に転落した事故がありますね。即死だったようです』

恵美がスラスラと言った。

「なんでそんなことを」

『端末があるんで』

うん？　端末？

「えっ、病院に業務パソコンを持ち込んでいるんですか？　班長……いや、一課長が許可したんですか？」

『もちろん。快く許可してくれましたよ』

情報漏洩《ろうえい》を防ぐため、本来は公共の場に職務で使用しているパソコンを持ち出すことはできないはずだが、個室だからと連日電話をして一課長を根負《こんま》けさせたらしい。

『どのみち木場ちゃんを呼んで捜査のこととか聞いているので、ここは警視庁の出先機関、会議室みたいなものでしょ』

独自の解釈に頭を抱える。それよりいいように使われている木場が心配だ。なにか弱みがあるのだろうか……どうか毒に侵されないでいてほしい。

『で、特に事件性は認められていませんね。単純に運転操作の誤りではないかと。かなりのスピードを出していたようですし、あのあたりは走り屋も出ますからね。レースごっこでもしたのでは？』

しかし工事現場で会った高橋は、篠原はなにかのヘマをして追われていて、水城側についた人間を組長サイドが〝刈り取って〟いたと言っていた。

すると単なる事故ではないのかもしれない。

しかし、いまとなっては、真相は霧の中だ。生きていれば紗季のことを知る重要な証人になり得ただろうに、と残念に思う。

そのことを呟くと、恵美が言った。

『なら、父親を訪ねてみたらどうです？　まだ存命ですよ』

「チンピラになって家を出たきりだった息子のことをどれだけ理解していますかね？」

『でもいまはなんでもいいから情報が欲しいんでしょ？　私たちの捜査は紗季さんの死からはじまったんですから、そこを基点に辿るしかないのでは？』

「たまに正論をいいますね」

『失礼ですよ。端的に言うと、他に打つ手がなくて行き詰まっているんでしょ？』

悔しいが、恵美の言うとおりだった。

『はい、じゃあ電話番号言いますよ。メモの用意を』

11

篠原の自宅は江戸川区にあった。築五十年の都営団地の四階で、エレベーターはない。突然の来訪にもかかわらず、篠原は兎束を快く迎えてくれた。

篠原は今年で六十五歳になり、半年後に約四十年勤めた食品加工会社の定年を迎えるという。痩せてはいるが、その快活さは健康であることを感じさせた。

「いきなり押しかけまして申し訳ありません」

居間のソファーを勧められ腰を下ろし、梅昆布茶《こぶちゃ》を煎《い》れてくれたことに一礼をし、口を付ける。春の匂いが鼻腔《びこう》を突いた。

部屋は2DKで、捨てられない土産物《みやげもの》なのか、全体的に多くの物で溢れている印象だが、住んでいる時間を感じさせるだけで綺麗に整頓されていた。

兎束が座るソファーは二人掛けのものでテレビに向かって配置されている。そこに篠原がダイニングから木製の椅子を持ってきた。

「ああ、すいません」

「いえいえ。普段はひとりですし、訪ねてくるといえば孤独死を心配するお節介な町内会の連中くらいですから」

篠原は自虐的に笑う。

「話し相手といえばセールスの電話くらいですよ。別荘の売り込みがあったかと思えば、この前は墓ですよ。老い先短いのに別荘なんていらないし、お墓だって実家にあるけど、自分のあとに手入れしてくれる人がいないから用はない。それでも話し相手が欲しくてつい長話しちゃうから我ながら困ったものです。お墓のセールスの女性なんて、私がいつまでたっても話し終わらないものだから、最後は逃げるように電話を切られましたよ」

ソファーの兎束に対して椅子に座る篠原はやや目線の高い位置にいる。それだけに、快活な会話とは裏腹に指先が落ち着きなく動いているのが見えた。

刑事が訪ねてくることは、やはり非日常的で、決して楽しい会話にはならないことをわかっている。

篠原は自らも茶を啜《すす》り、切り出した。

「それで、哲也《てつや》のことと仰いましたか、いまになってどのようなことでしょうか」

「実はいまある事件を捜査しております。この事件に哲也さんは直接関わっておられたわけではありませんが、被害者のひとりが生前の哲也さんと関係があったことがわかっています。それでどんな方だったのか、お伺いに参った次第です」

「被害者……の方ですか」

「はい。十八歳の女性です」

篠原の表情が曇った。

「哲也はその方にご迷惑をかけたのでしょうか」

兎束は両手を組んでテーブルに置き、圧迫感を生まない程度に前屈みになる。

「なにかお心当たりが？」

「いえ、哲也はなんというか、グレていたといえばいいのでしょうか。チンピラのようなことをして……正直申しますと、私なんかよりも警察の方のほうがお詳しいかもしれません」

手を首の後ろに回し、申し訳なさそうに頭を下げた。

「警察に残る記録というのは、警察が観察できた哲也さんの姿にすぎません。本当はどんな方だったのかを知るのはご家族の方しかいないと思いまして」

「それが、捜査に役立つということですか」

「正直なところ、私にもまだよくわかっていません。事件の詳細をお話しできないのが申し訳ないのですが、物事をあらゆる方向から見ることが必要だと思っています」

篠原は頷いたが、それでも渋い表情は崩さなかった。

「ただ……私が思う哲也も、警察の方と大きな違いはないのかもしれません。親として情けない話ですが。家を出てから哲也のことを聞くのは警察にご厄介《やっかい》をおかけした時くらいでしたから」

「ではこちらにはほとんど帰っておられなかった？」

「帰ってくるとしたら、金目のものを持っていく時くらいです。それでも私が仕事に出ている時間を狙って来るので、滅多に会わないんですが……おかしな話ですが、そういった痕跡を見ると『あいつはまだ生きているんだな』と安心してしまったり……」

哲也との親子関係は崩壊していたようだ。ならば父親から得られる情報はあまりないだろう。

兎束自身、なにを求めてここにきたのかがわからなくなっていた。藁《わら》にもすがるという言葉すら美化されたものに思えるほど、実際は無策だった。

全貌を描き出すたったひとつの鍵を、どうしても見つけられないでいる。

茶をひと啜りし、引き上げようとした時だった。篠原が湯呑みを両手で抱えている様子を見てふと気になった。

どこか贖罪《しょくざい》の色を感じたのだ。

「あの、なにかお話しされたいことでも?」

兎束は探るように聞いた。

「あ、いえ。あいつと最後に会った時のことを思い出しまして」

「それはいつのことですか」

「あいつが事故で亡くなる前日です。私はその日は休みをとっていたんです。休日出勤した日がありまして代休だったんです。それでお昼頃に近くのホームセンターに行きまして、それから中華屋でラーメンとビールを頼んでのんびり過ごしてから帰宅しました。哲也は平日だから私はいないと思ったのでしょう。あいつがタンスを物色しているところに出くわしたのです」

篠原は泣き出しそうな顔になる。

「情けないやつだと思いながら、金が必要なら少し渡してやろうとも思ったのです。しかしあいつが手にしていた物を見て怒りが湧きました」

「なんなのです？」

「母親の形見の指輪です。当時金のない私が買ったものですから価値は大したことはありません。それなのに、母親の思い出にまで手を付けるのかと。それで取っ組み合いになりましてね。でも私には息子を止める力なんてありません。あいつはそのまま飛び出していきました。それが最後なんですよ。わたしたち親子が会話したのは。まあ、会話といっても罵声《ばせい》ですが」

長いため息をついた篠原は、そのまま空気が抜けて萎《しぼ》んでしまったかのように肩を落とした。

おそらく、ずっと後悔の念に苛《さいな》まれてきたのだろう。

「男手ひとつで育ててきましたが、なにを間違えてしまったのでしょうね……。そういう意味ではあいつに気の毒なことをしたなと思います。妻が亡くなる直前、あいつを頼むと何度も言われていたのに」

兎束自身、多くの被害者遺族と関わってきたが、やはり最後の会話に後悔の念を感じる人は多い。だから、篠原の無念さは感じることができた。

「ひとつ教えてください」

篠原が頭を下げたまま聞いてきた。

「あいつはどんなことをしていたのでしょうか」

「どんなことをお聞きになっていますか」

「どこかの暴力団の末端の末端で、その……街で女性に声をかけて売春を斡旋していたとか」

間違いであってほしいとの望みが混じった声だった。

「私は直接の担当ではありませんが、概ねその通りだと思います」

篠原の頭は重力が二倍になったかのようにさらに下がった。湯呑みの縁に当たってしまいそうだった。

「ちなみにですが、高島紗季さんという女性についてご存じのことはありませんか」

「いえ……。どなたなんですか？」

「先ほどお話しした事件の被害者で、当時、哲也さんが仕事で面倒を見ておられた方です」

「刑事さん、あなたはお優しい方だと思いますが、私を気にせずはっきり言っていただけないでしょうか。あいつがなにをして生きていたのかを」

兎束は頷いて姿勢を正した。

「鶴島会という暴力団の関係施設で行われていた売春・覚醒剤の取引および使用に関わっていました」

こういう話をする時、兎束は感情を込めず事務的になる。

「哲也さん自身が覚醒剤を使用していたわけではありませんし、売春組織を運営していたわけではありません。顧客のもとに女性を送り届けたり、逃げないように見張ったり。覚醒剤はそのために使っていました」

篠原は頭を下げた。

「あいつ、バカなことを。本当に申し訳ありません」

「いえ、哲也さんがというより、暴力団のほうです。仁義だ掟だといいながら、哲也さんのような若者を集めては手足のように使うんです」

決して慰めにはならないだろうが、それくらいしか言えることがなかった。

「そのなかに、その女性が？」

「ええ、哲也さんがスカウトしてきたようです。その方が先日亡くなられまして、少しでもご存じである可能性がある方を廻っているというわけなのです」

「そうですか……。お役に立てなくて申し訳ありません。親としてしっかりしていればもっとお話しできることもあったのでしょうが、私は……目を背けていただけでした。妻との約束を果たせなかった……」

兎束は、ただ頷くことしかできなかった。

12

冬に逆戻りしたかのように底冷えする桜田門だった。

兎束が高島紗季の死について調査をはじめてから二週間になる。滝本麻美が保護されてからもすでに一週間が過ぎた。緊急度もなく粛々と事務処理が続いているだけで、大きな進展はなく、次々に発生する事件に埋もれそうになっていた。

水城や榎本については、水城の会社に雇われていた元鶴島会組員などの証言から、徐々にわかってくることもあった。

水城は古い体質のヤクザに嫌気が差しており、しがらみから解放された組織を作りたいと思っていた。

若い組員などを中心に賛同者が現れ、集団として形成されていくが、その際の軍資金として鶴島会が麻薬取引の際に用意していた金塊を奪うことを画策したようだった。

瀬間をはじめとする鶴島会の幹部たちは、水城の仕業《しわざ》であると疑いながらもその証拠を掴めないでいた。榎本は、その情報を集めるために水城の組織に加入、水城の運転手として活動していた。

そこで、なにかが起きた。

兎束は、高島紗季に関する資料を並べ、一つひとつ眺めていた。すでに何度も見返したものので、書いてあることは一語一句、写真も映像として脳に刻まれている。

水城が紗季の自宅を訪れた目的がわからないが、その数時間後に覚醒剤の過剰摂取で紗季は死亡することから、水城は紗季に覚醒剤を勧めたに違いない。

だがその目的は？　なぜショック死するほどの量を渡したのか？

なにかを見逃していないか……。彼女が遺したヒントを見逃していないか……。

「兎束さん、疲れてませんか」

木場だった。

「今日は早く帰って休んだらどうです」

「ありがとうございます。でも、家に帰ってもどうにも落ち着かないでしょうし。それに、そのうちまた悪いことが起きそうで」

「縁起でもないこと言わないでくださいよ」

それから胸の辺りを指で示して見せる。

「ほら、綺麗好きの兎束さんのシャツに皺ができてますよ。疲れている証拠じゃないですか」

見るとシャツの胸ポケットからベルトにかけて皺が寄っていた。一度気づいてしまうと気になって仕方がなかった。

「ちょっと着がえてきます」

「着がえるくらいなら帰りましょう」

木場はコートに袖を通し、一緒に出ようというように顎をしゃくってみせた。

兎束も急に気が抜けてしまう。

「さっき滝本さんから連絡があったらしい。明日出発するそうです」

「あ、海外に行くらしいですね」

「ええ。研究で前から行く予定ではあったのを、こちらの都合でちょこちょこ延期してもらっていましたから。そのくせこちらが成果を出せないから申し訳なかったです」

「麻布クリニックでの治験の件は片付いたんですか?」

「無許可の治験ではありましたが、富嶽製薬の時と同じ条件で行っていたから、臨床研究法違反の罰金で済んだ。刑事事件にならず、行政処分だけで終わったし、いつでも連絡が取れるならこちらとしては引き止める理由もない」

「ですね」

「まあ長期滞在でもなく、弁護士も間に入っているから問題ないでしょう。ああ、そうだ、暇なら毛利さんの見舞いに行ったらどうです。職場復帰はまだ先ですが、そろそろ退院できるらしいですよ」

「病院が追い出したいんじゃないんですかね」

恵美のことが頭に浮かんだが、『寂しがりや』だの『やっぱりあたしが必要』とか言われるのが目に見えている。ただこのまま自宅に帰る気にもならず、結局は警視庁を出たところで木場と別れ、皇居のお濠沿いを歩いた。

桜田門をくぐって二重橋前に出た。広大な皇居前の広場から見る丸の内ビル群にはまだ煌々《こうこう》と明かりが灯《とも》っていて、虫が明かりに引き寄せられるように兎束もぼんやりと向かった。

玉砂利を踏む音は兎束以外には聞こえなかった。静かな夜だった。

そこに兎束と同じ物憂げな顔をした人物が、黒松の木々が植えられた芝生の淵に腰かけていた。

その男のぎょろりとした目が、薄闇のなかではっきりと兎束を捉えたが、まるでここで出会うことがわかっていたかのように何の感情も示さなかった。

「秋山さん……ここでなにを」

「おう」

秋山はその理由には答えずに、だが聞こえていることは示した。

紗季の覚醒剤によるショック死について、自分の意志ではない可能性があることは、名誉回復を願っていた秋山にとって喜ばしいことだろう。

しかしそんな雰囲気は微塵もなく、なにかを思い悩むような表情にどんな言葉をかけるべきかわからなかった。

兎束はいくつかの選択肢のなかから『素通り』を選択し、おつかれさまでした、と声をかけて通り過ぎようとした。

「お前さ」

秋山の声が兎束の肩を摑んで振り向かせた。

「友達を失ったことがあるか」

「友達……ですか」

なにを言い出すのかと兎束は眉間に皺を寄せる。そもそも秋山に友達と呼べる人物がいるのか。

「お前には友達がいねえか」

秋山に言われて兎束はたじろぐ。

「そんなことはありませんよ。まあ、確かに私が刑事になってから付き合いがなくなった人はいます。予定を決めることができませんからね」

秋山が言いたいのはそういうことではなさそうだった。

「俺がさ、小菅で言ったこと覚えているか」

「元鶴島会組長の瀬間にですか」

秋山は、おう、と呟く。

「秋山さんは瀬間と取引をしました。警察の情報を提供すると」

兎束にとっては衝撃だった。不正とも癒着とも取られかねない態度と、紗季の死や麻美の居所を突き止めんとする執念に。

「そうだ。で、その情報を伝えてきたぜ」

兎束には瞬間的に警察官としての怒りが湧き上がったが、すぐに疑問が覆いかぶさる。どんな情報を渡し、そしてなぜそのことを言うのか。そして、それはいま皇居の端っこで物憂げな表情の理由なのか。

いずれにしろ、聞いてほしいのだなと思い、兎束は秋山の横に腰を下ろした。

秋山は空を見上げた。

どこから話すべきか悩んでいるようだったが、やがて重々しく口を開いた。

それは、この事件がまだ終わっていないことを示すもので、兎束は驚きで声も出せなかった。

「俺はこれからその友達に会いに行くことになっているが、お前も来るか？」

秋山は兎束の答えを待たずに歩いていく。兎束もまた、答えることなく後をついて歩いた。

秋山は桜田門に戻っていく。警視庁の職員通路を通り、エレベーターで六階へ。静まり返った廊下を進んで会議室のドアを開けた。

十畳ほどの部屋で中央にテーブルがあり、そのまわりを六脚のパイプ椅子が囲んでいた。

ひとりで背を向けて座っていた男が振り返る。

「あれ、やっさん」

中村だった。

「ここで待つように言伝《ことづて》があったんだけど？」

秋山は無言で中村の横に座り、兎束は二つの背中をドアの横で立ったまま見守った。

「小菅で瀬間に会ってきたよ」

「えっ、どうしてまた？」

「実は今回の捜査のことで取引をしててな、前に情報をもらったものだから、お返しに行ったんだよ」

中村は眉を顰《ひそ》めた。

「おいおい、やっさん。それはちょっとやばくないですか？　服役中とはいえヤクザと取引するなんて。ひょっとして、そのことで呼んだの？」

「すまんな、中村。俺は悪い先輩だったなあ。手本にならねぇようなことばかりしてきた」

「どうしたんです。僕が力になれることなら――」

「俺はヤクザ者の懐《ふところ》に飛び込んできた。そうでもしないと取れない情報もあったからだ。だからお前は勘違いしちまったんだな」

「え？」

「だがよ、俺はヤクザの懐に飛び込んじゃいるが、刑事としての一線は引いてきた。それを教え損ねた。背中を見て勝手に覚えるだろうって……」

「よく……わからないですよ」

「瀬間に渡した情報ってのは、警察のスパイについてだ。ヤクザに手入れの情報なんかを渡す見返りに、金銭や敵対する組織の情報をもらい、それを基に摘発し、出世している刑事がいる」

中村の横顔に見えていた笑みが消えていた。いまはまるで能面のようで、なんの感情も読み取れなかった。

「瀬間によ、よかったらそいつを紹介するぜって言ったら、あいつは怒ったよ。汚ねぇぞって。だがよ、俺は警察の内部情報を渡すとしか言っていない。だからフェアだと思ったんだがな」

「汚い……？」

「ああ、瀬間が怒ったのは、俺が伝えたスパイってのが、すでに自分が〝契約〟している刑事だったからだ」

中村は口元を痙攣させて唸るだけだったが、ようやく言葉になった。

「訳がわからないな……。はっきり言ってくれ」

「お前は鶴島会のスパイだった。それだけでなく、当時コンサルタントだった水城とも関係があった」

「いったいなんのために」

秋山は机の上に付いた汚れを指で擦《こす》りながら言った。

「金塊だよ」

長い沈黙のあと、中村が口を開いた。

「そうだよ。ほら、組対でも金塊を追っているって言ったろ。だから情報を集めていたんだ。やっさんはそんな僕を見て勘違いしたんだな？」

秋山は視線を机に置いたままだ。

「中村……。俺がここまで言うのはそれなりの調べをしているからだ」

突然ドアが開き、兎束は横にずれる。

福川と、男が二人。彼は制服警官を伴って現れた。

「一課長……」

福川は中村をひと睨みしたあと、秋山の前に書類を置いた。

「滝本麻美監禁現場にて回収されていた電子タバコの吸い殻、証拠番号E—さ—37、H—な—9およびR—む—12のDNA解析を行ったところ、警視庁組織犯罪対策部所属の中村警部のものと一致した。お前の見立て通りだったな」

そこから鋭い視線を中村に投げる。

「聞きたいことは山ほどある。特に、滝本さんが拉致監禁された場所にいながらなぜそれを黙っていたのか」

連れ立っていた男を手で示した。

「彼は谷口《たにぐち》監察官だ。あなたの身柄はこれ以降、警務部に預ける。以上」

唖然とする中村を、秋山はまだ見ようとしない。

「お前が水城と会っていたのは前から知っていた。ちなみに証拠物件はすべてタバコの吸い殻だ。E―さ―37が出たのは水城のオフィス。水城は葉巻なのにひとつだけ電子タバコの吸い殻があった。表参道でばったり会うってのもおかしいだろ」

秋山はあの時、シケモクをもらうよといって一本つまみ上げていたが、そこまで考えていたとは……。

「二つめ。H―な―9は監禁場所の外、簡易トイレのあたりだった。同じ銘柄の紙タバコから異なるDNAが検出された。榎本とお前だ。仲良くもらいタバコしていたんだろう。榎本は水城の下に付いているから、会っていてもおかしくはない。ただ、榎本は瀬間の命で潜り込んでいるから水面下では敵対関係にあり、それを瀬間のスパイであるお前が知らないはずはない。分裂したとはいえ、お前は両方にいい顔をしたダブルスパイだったってわけだ」

秋山は淡々と話し続けた。

「そこで榎本と情報交換していたんだろうな。そして〝水城が鶴島会を崩壊させた張本人であり、隠し持っていた金塊を元手に高跳びするらしい。瀬間から殺せと指示が出た〟とかなんとか言って殺させた。それで金塊のライバルが減るからな」

中村は酸欠気味の金魚のように口をぱくぱくと動かしていたが声になっていなかった。

「金塊に対する執着は、もうひとつの証拠物件の出た場所からも想像できる。R―む―12。そこは江戸川区にある都営団地だよ」

「えっ!」

これには兎束が声を上げた。

「兎束をずっと尾行していたな。なぜならこいつは高島紗季を追いかけていて金塊に一番近い人物だからだよ」

中村に尾行されていた!?

兎束は驚いたが、秋山は嘲笑《あざわら》うように中村に言う。

「ま、そんなお前は俺に尾行されていたんだがな」

なにも言えないままの中村が警官に挟まれて退出する間、秋山は結局一度も中村と目を合わせることはなかった。

「どこまでが本当の話なんですか」

兎束が聞くと、秋山はぼそりと返す。寂しそうな声だった。

「あいつに聞いてくれ」

秋山の推理がなにを根拠にしているのかはわからない。

だが馴染《なじ》みのない八王子で新生活を送っていた紗季が、どうして水城に見つけられたのか。

秋山はずっとそのことを考えていたのだ。

中村と水城がつながっていたのなら、その答えが帰着するのはひとつしかない。秋山が望んだ紗季のささやかな日常を壊したのは、他でもない中村だったのだ。

秋山にとってのその無念さは、想像することすらできなかった。

13

結局、兎束は帰宅することなく警視庁の自席で朝を迎えた。

中村の一件のあと、さまざまな情報の断片がつながりを見せはじめたのだ。絡まった糸が解けていくような感覚に高揚して徹夜したものの、状況証拠だけで裏取りができていない。

そして理解が進むにつれて、ますますなにか大きなことを見逃している気がしてならなかった。

「おい、兎束。帰らなかったのか」

福川だった。

「一課長も……ですか？」

「ああ、中村警部のことで、いろいろ大変でな」

「お疲れ様です」

「それと、拉致犯のひとりがさっき逮捕されたぞ。大人しくしていればいいものを歌舞伎《かぶき》町《ちょう》で騒ぎを起こして、いまは新宿署だ。捜査員を直行させているから午前中には調書が届くだろう」

「了解……しました」

「おいおい、本当に疲れているな。ちょっとは休めよ」

福川は手を上げて部屋を出ていった。

兎束は冷たくなったコーヒーを飲む。それから軽く目を閉じた。考え事をするつもりが、ついうとうとしてしまった。

暗闇に恵美が現れた。どうせなら綺麗な景色とかだったらいいのに、よりによってなんで恵美なんだ。兎束は体を捻って目を逸らそうとするが動けない。恵美が一歩、また一歩と歩み寄ってくる。なぜか真っ赤な口紅を塗っていて、それがぐっと近くなる。ちょっと止めろ。兎束はさらに身を捩る。その唇が耳元まで来た。

――携帯電話。

はっと目を開ける。どれだけの時間が過ぎたのか。おそらく一分も経っていないが、疲労した体は一度切り離された意識と再接続するのに手間取っているのか、重く、だるかった。しかし、わずかでも休息を得られた脳は猛烈に回転をはじめ、情報処理が加速した。

兎束は立ち上がると、もう一度机の上に並べられた資料を俯瞰しはじめた。

携帯電話――そうか、そういうことか。

兎束は居ても立ってもいられなくなるが、一旦窓の外を見て自身を落ち着かせる。そして深く深呼吸をした。

少しばかりドライブをすることになりそうだ。

木場からの連絡を受けたのは正午を回った頃だった。

『兎束さん、どこにいるんです？』

兎束は眼下の海が反射する陽光に目を細めた。

「鏡が浦です」

『かがみ……？』

「館山《たてやま》です、千葉の。館山湾は波が穏やかで鏡のように凪いでいるからそう呼ばれているそうです」

『そうじゃなく、なんでそんなところに……あれ、館山？　ひょっとして、あのチンピラですか？　確か篠原っていう』

「さすがです、班長。報告書を隅々までしっかり読み込んでいただいていたんですね」

『茶化さないでください。それで、篠原の事故とどんな関係があるんですか』

「今回の事件、ここなんです。出発点なんです。高島紗季さんの死も、毛利さんが襲われたのも」

『すべてを説明できるのですか？』

「いえ、まだ穴があります」

『それなら情報をひとつ。横井茂《よこいしげる》、三十一歳』

誰ですか、と聞いてすぐに思い当たる。

「拉致犯のひとりですか」

『そう。詳しい内容はあとで資料を読んでもらうとして、いくつか興味深いことを伝えます。まずは人間関係からですが――』

拉致に関わった四人は顔見知りではなく、その時に初めて顔を合わせた。

榎本を除く三人は年齢が近いこともあってすぐに意気投合したが、榎本は堅苦しく煩《わずら》わしかったため距離を置いていた。水城からは、とにかく麻美を倉庫内に閉じ込めて、外に出るのは裏手のトイレだけ。その時もかならず誰かがついていくように指示されていた。

『トイレに行く時の付き添いは榎本に行かせていたらしい。ヤクザの幹部だったのに、落ちたものです。それと兎束さんが知りたそうなことを聞いておきました』

「なんです？」

『水城は刺された時、携帯電話は手に持っていなかった』

「本当ですか？」

『ええ、刺される直前まで倉庫の隅で誰かと話をしていたそうです。通話が終わって内ポケットに入れ、コンテナに向かって大股で歩き始めた時に刺されたと』

兎束は何度も反芻《はんすう》し、頷いた。

「了解です、隙間がひとつ埋まりました。ちなみに他の拉致犯は」

『それぞれバラバラに逃げたようです。元々お互いをよく知るわけじゃなかったから心当たりもないと言っています』

「水城はそれを狙っていたんでしょうね」

組織が芋づる式に摘発されないように、無関係な者たちを金という共通項だけで結びつける。

「あと、拉致や監禁の目的については」

『本人たちもはっきりと知らされていないけど、追われている女を匿《かくま》う——というような名目だったそうです』

そこがいつも霧の中だった。行動は観測できるのに動機を説明できない。しかし館山に来てひとつわかったことがある。

まだ隙間だらけの推論だが、それは事件の全体像を描くことができるものだ。

ただ、この先のことを考えて不安に襲われる。自分にできるだろうか。

センパイの声が聞きたくて仕方がなかった。

しかし、自分がやるべきことについては、答えは出ている。

もう背中を押してもらう必要はない。

「班長、ご相談があります。一課長に許可をとっていただけないでしょうか」

都内に入ると雲行きは怪しくなり、日没にはまだ早いはずなのに、どんよりとした雲が周囲を暗く覆っていた。

兎束がこれからやろうとしていることに対し、悪手《あくしゅ》だ、と福川は言った。

それには木場も同意したが、兎束にやらせてほしいとも進言してくれた。

このままでは真相が埋もれてしまうとの危機感からだった。

兎束は恵美が入院する病院のロビーにいた。そしてロータリーにタクシーが滑り込んでくるのを見て出迎える。

麻美が淡い紫色のキャリーケースを携えて現れた。

「突然お呼び立てして申し訳ありません」

「いえ、最後にご挨拶をしたかったので。兎束さんにも、毛利さんにも」

「フライトは何時ですか」

「今夜の十時半ですが、早めに着いておきたいので、あまり時間はないのですが」

「ありがとうございます」

兎束は麻美に話がしたいと申し出たところ、空港に向かう途中ならば少しだけ時間を作れるということだったので、毛利が入院する病院で待ち合わせたのだった。

そして、彼女がストーリーを完成させる鍵だ。

「ちなみにどちらの国に行かれるんですか」

「ドバイです」

「ドバイ……ちょっと意外です」

「そうですか？」

麻美は軽く握った拳を口元に当て、わずかに肩を揺らせた。

「向こうに研究所がありまして、お世話になった方がいるんです。前から誘われていて」

「そうなんですね」

「ずっと保留にしていたんですが……どこにいても事件のことを思い出して、トラウマになりそうで怖かったこともありますし。今回の件はいいきっかけになったのかなって」

二人はエレベーターに乗り、四階の一番奥の部屋まで進んだ。

ドアをノックすると、はあい、と抜けた声が返ってくる。

恵美はベッドに半身を起こし、ポテトチップスの袋に片手を入れた状態で二人を迎えた。

恵美は昔からの友達に再会したかのように満面の笑みを麻美に向けた。麻美も小さく手を振りながら、スーツケースを部屋の隅に置いた。

「聞いたよー、日本を脱出するんだってー？」

恵美が距離感の欠如したコミュニケーション力を発揮するが、麻美にとっても心地いいようだ。

「そうなの。それでバタバタしちゃって、なかなかお見舞いに来られなくてごめんなさい」

「いいの、いいの。ぴょんが急に三人で話がしたいって言って、野暮《やぼ》ったたい男だと思っていたの。麻美さんもいろいろ忙しいのにって。でもやっぱり最後に会えてよかったー」

ケラケラと笑う恵美とは対照的に麻美の顔が曇った。

「三人で……話？」

それから兎束を見やった。

「あの、ご挨拶だけでは」

「ああすいません、話というか、最後に一連の事件について流れをまとめたので聞いていただけたらと。海外に行かれたら、いざ確認したいことを思いついても、連絡もとり辛くなるでしょうし」

「ほら、やっぱ野暮ったいんだから」

恵美が言いながらポテトチップスの袋を麻美に差し出す。だが麻美の視線はどこか警戒感を匂わせながら兎束を捕らえたままだった。

「聞くだけでいいんですか」

「はい、それで構いません」

兎束は窓際に腰をかけるようにもたれかかった。左手にはベッドの上できょとんとしている恵美、右手には警戒顔でソファーに座る麻美がいた。

確定していない捜査情報を外部に話すというのは〝悪手〟であるのは間違いない。それらしくまとまっていても、それらは状況証拠でしかなく、当事者が否定すればそれ以上の追及はできない。また手の内を晒《さら》すことで証拠隠滅を図られる可能性もある。

ただ兎束は、自分が見てきたものは、一連の事件をつなぐ大きな流れの一部でしかないと感じていた。見えない部分を知るためには誰かに語ってもらわねばならない。

現状、それを一番よく知っているのが麻美であり、麻美に語ってもらうための呼び水として、兎束は自身の考えを話すことにしたのだった。

引っ掻き回してなにかが出てくるのを待つ——秋山のようだな、と兎束は自嘲《じちょう》した。

「今回の事件は、たくさんの情報がありながら我々は真相を摑めなかった。事態の把握に時間がかかり捜査は迷走しました。それは嘘が交じっていたからです」

麻美が膝の上に置いた両手をきゅっと握った。

「私が……嘘をついていると仰りたいんですか」

「それを確認させていただきたいんです。記憶違いということもありますので」

恵美が兎束と麻美を交互に見やりながら聞く。

「なにがどうなっているの」

兎束は恵美に頷いてみせ、昔話でもするかのように、ゆっくりとした口調で続けた。

「富嶽製薬での治験が終了したあと、あなたは水城に声をかけられた。研究を続けてみないを通して治験を続けた、と認めるのは、会社としてもかなりまずいことだと思ったのではないでしょうかかと」

……

「その通りです」

「そして広尾のクリニックでただひとりの治験者として紹介されたのが高島紗季さんだった。あなたは広尾での治験が正規のプロセスを通していないことは認識していながらも続けた」

「水城さんからは富嶽製薬の案件として、厚労省の認可は継続していると言われていたのですが……しかし、結果的に話に乗ってしまいました……あと少しで結果が出せると思って」

麻美はうなだれた。

「でも、それはちゃんと処分を受けて終了しています」

必死で会話に参加しようと恵美が口を挟んだ。

「ぴょんさん、それは水城が悪いんじゃないんですか。麻美さんは話に乗せられた被害者みたいなもので」

「それは置いておきましょう。重要なのはそこではないので」

怪訝顔の恵美から麻美に視線を移す。

「あなたは治験を通して紗季さんと親交を深めていきましたが、その彼女が亡くなってしまう。しかも覚醒剤のショック死で」

「驚きました……そんな様子には見えなかったので。また来週ね、って笑って別れたのが最後だったので」

麻美は、まるで地雷原を進む兵士の歩みのように、慎重に言葉を選んでいた。

「我々がはじめにあなたを訪ねた時は関係を否定されていましたが、あとにこう仰いました。『意図しなくても私のワクチンが原因だったのではないか』と」

「その通りです。もちろん私のワクチンに覚醒剤は使っていませんが、ワクチンがなにかしらの作用、覚醒剤を欲してしまう効果を出してしまったのではないか……未知の新薬ですので自分でも理解できていないことがあったのではと不安になったのです」

「そのお考えは、いまでも同じですか」

麻美の目がしゅっと細まった。

「どういうことでしょうか」

「なにが起こったのか。ストーリーを組み立てようとすると、まずそこからおかしいんです。あなたは抗麻薬ワクチンのことを誰よりも理解している。言い換えれば紗季さんの死に抗麻薬ワクチンは直接関わっていないことも」

麻美はどう反応して良いのかわからない様子で恵美に助けを求めるような視線を送ったが、恵美もまた同様の表情を浮かべて兎束を見るだけだった。

「あなたはある試みのために嘘をつきました。それは自分の身を守るためだったのかもしれません。しかし、それが予想外の展開を生むことになり、我々を混乱させせました」

「あの……なにを仰っているのか」

困惑顔に構わず、兎束は話を進める。

「あなたが保護されてから、我々は事件に関して多くの証言を得ることができました。そこで理解が一気に進みました。しかし、それはあなたの作ったストーリーだったのです」

麻美の目が揺れていたが、やがて決意を秘めた色合いを見せ、兎束をまっすぐに見つめ直した。

「仰っている意味がわかりかねます」

兎束は心底残念な気持ちになった。

「あなたにとって、研究とはなんですか」

「自分の子供のようなものです」

「そうですか。どうやら自分の子供よりも大切なものを見つけてしまったようですね」

麻美は居心地悪そうに顔を背けたが、その先に恵美の怪訝顔があり、慌てて床に視線を逃がした。

しかし恵美の怪訝顔は兎束に向けたものだった。

「だーかーらー、さっきからなにを言ってるんですか」

「事件の全容です。毛利さんはそのなかで怪我までされているんです。知る権利があると思いましてね」

「それは……ある」

恵美は頷いた。

「では我々が得られた情報を取捨選択し、嘘というノイズを取り払ったストーリーをお話しします。ちょっと長くなりますが、間違っていたら指摘してください」

麻美は変わらず床を見ていたが、なぜか恵美が『わかりました』と言い、兎束に挑《いど》むような視線を向けてくる。

「あなたが紗季さんの身に起こったことを知らなかったのは本当でしょう。ニュースで見てさぞ驚かれた。特に死因が覚醒剤だったことに」

「……はい」

「しかし水城が紗季さんと会っていたことや、なぜ覚醒剤を打ったのかについては知らないと証言されましたよね」

麻美は頷いた。

「本当は理解していたんじゃないんですか。なぜ水城は自分に声をかけて治験を続けさせたのか、その本当の理由にもあなたは気づいていた」

「ええっ！　目的ってなに!?」

恵美が頓狂《とんきょう》な声をあげたが、兎束に睨まれ、さすがに空気を読んだのか唇に人差し指を当てて肩をすくめた。

「水城の治験の目的は抗麻薬ワクチンを完成させることじゃない。高島さんの記憶を回復させるためでした。そう考えると辻褄が合ってくるんです」

「あ、抗麻薬ワクチンには記憶を司る細胞を修復させる効果があったんですよね」

それでも黙っていられないのか恵美が合いの手を入れた。

「そうです。水城にとっては抗麻薬ワクチンはどうでもよく、狙いは紗季さんの記憶だった。ここで話はさらに遡ります」

兎束は半身を捻ってブラインドを閉めた。聞かれることはないが、見られている気がして落ち着かなかった。隙間から周辺を見渡し、麻美を振り返った。

「いまから二年前、鶴島会というヤクザがチャイニーズマフィアと大型の麻薬取引を企てていました。幅広いコネクションを持ち、当時鶴島会のコンサルタントを務めていた水城がコーディネートしたと思われます。鶴島会にとっては、存亡をかけたおおきな賭けでした。なにしろ取引に使うのは七億円相当の金塊で、いまなら十億前後の価値があります。しかしそれを奪われてしまい、いまも見つかっていません」

「そんな話、知りません」

麻美は首を左右に振る。

「そうでしょう。研究一筋だったあなたとは別世界の話ですからね。ただし、紗季さんの記憶が一変させます」

兎束は麻美の横にあったオットマンを引き寄せ、腰を下ろした。そして覗き込むようにして続ける。

「金塊の在処を特定するには二つの鍵が必要でした。〝誰〟と〝何処《どこ》〟です。そして水城とあなたはそれをひとつずつ持っていた」

麻美が居心地悪そうに体を捻る。

「まずひとつ目の鍵は、金塊を持ち去った人物の名前です。当時鶴島会の末端で動いていたチンピラの篠原という男です。これは水城も知っていました。なぜなら金塊の強奪を指示した張本人ですので」

なにかを言いたそうだった恵美を兎束は視線で黙らせる。

「もうひとつの鍵は、金塊をかくした〝場所〟です。ただし、〝誰〟のものなのかがわからないと辿り着くことはできません。なにしろ似たような場所は日本全国にあるので」

「紗季さんは、それを知っていた？」

兎束は恵美に向き直る。

「そういうことです。ですが、紗季さん自身は麻薬による記憶障害でそのことを忘れてしまっています。そこで水城は、内通者だった中村警部を使って紗季さんの居場所を突き止め、記憶の再生能力のある抗麻薬ワクチンを投与させていたんです。そしてついにその記憶を口にする瞬間が訪れるのですが、その時に立ち会ったのは滝本さんだけでした」

無言の麻美に対して、恵美が小さく挙手をする。

「……でも、逆に『誰の』がわからなかったってことですか？」

「その通りです。金塊に関する情報を手にしたあなたは、水城の目的を悟ったでしょう。しかしそれを水城に言うことはなかった。なぜなら自分で手に入れようとしたからです。ただ、そのためには『誰』という情報が必要でした」

麻美は黙っていたが、頬のあたりが小刻みに震えていた。

「ではまた話を戻します。さきほども言ったとおり、紗季さんの死にあなたは関わっていません。ですが、追及される可能性はある。だから証拠隠滅のためクリニックに保管していた麻薬ワクチンを回収しようとしたんでしょう。すぐに麻布クリニックに向かったのが駅の防犯カメラでも確認できます。ですがその必要はなかった。あるはずのそれは、すでになかったから」

両膝に肘を置いた兎束は、組んだ指で顎を支えるように前屈みになって言った。

「水城が持ち出していたからです。あなたは悟ったはずだ。水城は紗季さんに大量の抗麻薬ワクチンを投与し、記憶を取り戻そうとしたのだと。しかし、あなたはワクチンを無秩序に投与することについては否定されていた。抗麻薬ワクチンには副作用がありましたので」

麻美は視線を床に置いたまま答えた。

「はい。紗季さんの場合は、アレルギー性気管支炎です」

「だから喘息薬を渡していたんでしたよね」

「症状としては喘息と同じなので、既存の薬品で対処できるものでした」

「しかし、水城はそれを知らなかったのでは」

「そうだと思います。治験の場を提供したとはいえ、結果しか求めないようなことをよく言っていたので」

兎束は脳内で情報を整理整頓し、慎重に言葉を吟味した。

「水城は、紗季さんの記憶を呼び戻そうと躍起《やっき》になっていた。そこで抗麻薬ワクチンを勝手に投与した。紗季さんの自宅で」

「え？　自宅で？」

これには恵美が目を丸くした。どうやら聞いていなかったようだ。

「ええ、紗季さんの家に行った時違和感があったんです。沓脱に並べてあった靴です。横に三足並べるくらいの幅しかありません。その真ん中が空いていて、壁にそっては縦に二足並んでいました」

「紗季ちゃんが履いて出たんじゃないですか？　裸足で発見されましたが、途中で脱ぎ捨てたのかもしれませんよ。覚醒剤の作用は予測できませんから」

「いえ、紗季さんははじめから裸足でした」

「なぜそう言えるんです」

「紗季さんの解剖鑑定書です。捜査一課長の命で徹底的にやり直したんです。そしたら足の裏や指の隙間などから鉄サビが検出されました。これはアパートの外階段のものであることが確認されています。ちなみにアパートから船森公園までのルートをいくつか調べてみましたが、鉄サビを踏むような場所は他にありませんでした」

恵美は、感心したように口を丸めて、ほう、と言ってから、また質問をする。

「でも、どうして水城は勝手にワクチンを投与したんです？」

「状況から考えると、なんらかの理由で金塊の回収に迫られ、焦っていたようです」

「なんですか、それ」

「理由はまだわかりませんが、切羽詰《せっぱつ》まった行動に思えます。いずれにしろ、言葉巧みに家に上がり込み、ワクチンを投与した」

「紗季さんは、判断力が……」

そう呟いた恵美に頷く。

社会復帰したとはいえ、薬物依存による後遺症で認知機能の低下が見られていた。紗季を言いくるめてワクチン投与させることは簡単だっただろう。

「ワクチンを過剰投与した結果、紗季さんは発作を起こしたのでしょう。喘息の発作はかなり辛いものですが、喘息に縁のない人から見ると、本人以上にかなり深刻な呼吸困難に見える」

喘息疾患を持つ妹を思ってか、恵美は強く頷いた。

「このまま死んじゃうんじゃないかって心配になりますよ。薬をシュッてすれば嘘のように治りますけど」

「水城も相当焦ったのだと思います。特にワクチンを投与したあとですから。慌てて証拠の隠滅を図った。つまり覚醒剤を投与して、そのせいで命を落としたように見せかけようとしたんです。そして水城は高島さんの携帯電話を奪い、現場を離れました。この携帯電話は、水城のオフィスから見つかっています。情報――もうひとつの鍵を探していたからです」

空気が重くなる。項垂れていた恵美が、上目で兎束を見ながら聞く。

「じゃあ、水城にとって、紗季ちゃんが外に出たのは予想外の展開だった？」

「ええ、覚醒剤を多量に投与し死んだと思ったのでしょう。ところが高島さんは意識を取り戻した。しかし助けを呼ぼうにも携帯電話がない。そこで八王子駅北口交番に行こうとしたのだと思います。自宅から最寄りです。普段なら十分もかからない距離です」

「亡くなった時、ピーポくんを握っていたのはその意識の表れってことですか？」

「それはわかりませんが、警察という組織に自分を救ってくれた秋山さんを重ねていたのではないでしょうか。なにか困ったら頼れ、と秋山さんも言っていたみたいですし」

恵美はぎゅっと両目を瞑《つむ》り、項垂れた。

「公園まで十分……。おぼつかない足取りならもっと時間がかかったかもしれない。もしその間、誰かと会っていたら。いやそもそも水城が携帯電話を奪わなければ……」

「ええ。ほんのちょっとの偶然が作用したら彼女は助かったかもしれない。しかし残念ながらそうはなりませんでした。それで、翌日、死亡事故のことを知り、あなたはどうしました」

麻美は急に指名された生徒のようにぴくりと体を震わせた。

「はい……すぐにクリニックに行きました。ワクチンの在庫を確認しましたがそれがなくなっていて……。そのことを水城に追及すると、私も共犯だと脅迫されました……黙っていればなんの追及もされないと」

兎束は理解を示すように頷いたが、話はまだ終わりではなかった。

「あなたは水城の共犯にされることを恐れた。だから我々がはじめて訪ねた時に知らないと仰ったんですね」

「そうです……すみませんでした」

ここで兎束は麻美の目を真っ直ぐに見た。

「あなたが心血を注いできた研究は、水城に奪われてしまったようなものです。ならば、せめてそれに匹敵《ひってき》するような対価が欲しいと思うのも理解できます……それが金塊」

麻美はなにかを言おうとしたのか口元を何度か動かしたが、声となっては出てこなかった。

それを見て兎束は話を進める。

「紗季さんを失った水城は、あなたから情報を聞くために、手下たちに拉致させます。早くしないと警察が金塊を押さえてしまうかもしれませんからね」

「でも、私はなにも聞いていません。知らないことを話せと言われても無理です」

「まあ、それは水城にとってみれば関係のない話です。紗季さん亡き後、鍵を知るのはもうあなたしか残っていない」

兎束は肩をすくめて見せた。

「あなたは襲撃されたあと、抵抗することなく、拉致犯と行動を共にしていますね。助けを呼べる機会はたくさんあったように見えましたけど、そうはされなかった」

「それは、怖かったからです」

「なるほど。私もそうなのかなと思いましたが、やはり不自然に感じました。だから、自ら行動を共にされる理由があったんじゃないかと」

「それって、なあに?」

恵美は小首を傾げて見せたが、痛んだのか首筋を押さえながら片目をつむる。

「あ、ひょっとして、鍵?」

「そうです。もうひとつの鍵は水城が持っている。だから、拉致犯と一緒に行動した。水城のところに案内してくれるので」

「水城は麻美さんから情報を聞きだそうとしていたけど、麻美さんも同じだった」

「そういうことです」

「でも、水城がすんなり教えてくれるとは思いませんが」

「ええ。そこでポイントになるのが水城の携帯電話が落ちていた場所です」

「気づいたのはあたし」

「でも、その理由に気づいたのは私です」

「なにそれー、ずるいー」

軽いやりとりに苛立ちを隠せなくなった麻美が語気を強めた。

「ちょっと、なんなんですか！　もう行ってもいいですか」

立ち上がりかけた麻美を兎束はなだめた。

「まあまあ、これからがポイントなんです。ぜひ聞いてください」

それから兎束は立ち上がると、いきなり後ろに倒れた。

「ちょっと、ぴょんさん、大丈夫？」

驚いて身を起こした恵美が痛みに顔を歪ませたのを見て、兎束は慌てて繕う。

「すいません、ちょっと状況の説明をしたくて」

それで理解したのか恵美は腕を組んで、クッションにもたれかかった。

「水城はこんな感じで仰向けに倒れていました。そして携帯電話はここ」

兎束は体を捻って左肩の横三十センチの位置に置いた。

「逮捕された拉致犯のひとりの証言によると、水城が携帯電話を仕舞ったのは右の内ポケットだったそうです。そこで何回か試したのですが、どうやっても再現できません」

携帯電話が右内ポケットから飛び出して肩の横に飛んでいく軌跡を指で示す。

「水城の両手は血で染まっていました。おそらく刺された箇所を押さえたまま倒れたんでしょう。もし倒れたあとで携帯電話を取り出したのなら、携帯電話にも血痕が付いていたはずです。でもなかった。この謎を解いたのは――」

上体を起こした兎束は手にした携帯電話に目を落とした。

「これは水城のものではありませんが、同じモデルのものです。いま携帯電話には血痕は付いていなかったと言いましたが、厳密には正しくありません。見た目ではわかりませんでしたが、ある箇所にだけ血液反応がありました。それがここです」

当該箇所を指で示しながら麻美に向ける。麻美が息を呑んだのがわかった。

「どこ？　ちょっと見えない」

反対側に位置する恵美にも向けてやる。

「あ……」

そこは指紋センサーのボタンだった。

「この携帯電話は、ロックを解除するために指紋を使います。つまり何者かが倒れた水城の内ポケットから携帯電話を抜き取り、ロックを解除するために水城の指を当てた。その後拭き取ったようですが、鑑識に調べてもらったところしっかりと血液反応が残っていました。

このボタンと本体の隙間に」

麻美は下唇を噛んでなんの反応も見せない。その代わりに恵美が聞いた。

「で、その何者かは携帯電話でなにをしたかったんですか」

「実はよくわかりません」

兎束は麻美から目を離さず言う。

「ですが、奇妙なことがわかりました。発着信履歴です。証言によると刺される直前まで誰かと話していたはずなのに、発信にも着信にも履歴がないんです。水城はサーキットブレイカーという秘匿アプリをインストールしていたのでその可能性もあったのですが、まずは電話局に調べてもらったわけです。すると水城から一般の固定電話に発信していることがわかりました」

「どこどこ？　誰に？」

兎束は立ち上がると、恵美の眼前に携帯電話の画面を向けた。

「その番号を見た時、おやっと思いました。奇妙なことに、同じ番号に私もかけたことがあったからです。ちなみにその番号を教えてくれたのは毛利さんですよ」

「ええ？　……あっ！　それって！」

麻美の顔から血の気がどんどん引いていくのがわかる。

「そうです、篠原の実家です。父親に確認しましたが水城という人物と話したことはないと仰っていました」

　兎束が再びオットマンに腰を下ろすと、まるで連動しているかのように、麻美は体を反対側に捩った。

「ただ、篠原さんの家に電話をかけてくる人は限られていました。なので記憶を辿ると、それが別荘のセールスマンだったことがわかりました」

「別荘のセールスマン？　水城が？」

「もちろん違います。水城は金塊を探していたんです。つまり〝篠原哲也が金塊を別荘に隠している〟という情報を得たため、篠原さんに別荘について聞き出そうとしたんです」

「なるほど、持っているならその場所を聞き出そうと」

「そうです。しかし篠原さんは別荘を持っていません。電話を切った水城はその情報源を問い正そうとします。そして悪態をつきながらコンテナに向かって歩きはじめた時、榎本に刺されます」

　兎束は、いまは真横を向いている麻美に言った。

「あなたは、水城に嘘の情報を与えた。目的は篠原の実家に電話をさせることです。水城は鶴島会のコンサルをしていましたし、篠原ら若手のチンピラを配下に置いていましたから、篠原さん宅の電話番号を持っていても不思議ではありません。しかしあなたは篠原という人物がどこの誰かも知らなかった」

「じゃあ、水城の携帯電話から篠原の電話番号を調べ、その痕跡を消したのって」

「ええ。滝本さん、あなたにしかできない」

俯き、髪が横顔を隠す。膝の上においた指はきつく握られていた。

「ぴょんさん、じゃあ金塊の在処はわかったんですか」

「ええ、わかりました。金塊は篠原さんの実家にあるお墓に隠されていたんです」

「お墓⁉」

「水城が刺された二日後、篠原さん宅に今度はお墓のセールスの電話がありました。感じのいい女の人で、墓はすでに持っていると言ったら、まだ新人で墓のことをよく知らないので教えてくれと。それで自分の墓がどこにあるのかも話したそうです」

「それは……」

「千葉県の館山にありました」

「館山？　あれ……篠原哲也が事故死したあたりですよね」

「ええ。金塊を隠した後、鶴島会に見つかり、追われてハンドル操作を誤ったんでしょう」

「じゃあ、それが、紗季さんが残した〝鍵〟だったんですね」

「はい。だからあなたは、〝彼氏〟というのが誰なのかを知りたかったんです」

麻美の顔を覗き込む。

「ただ、金塊はありませんでした。では、いったいどこにあるのか」

ややあって、ゆっくりと麻美が顔を上げた。その表情にはさっきまでの怯えの色はなく、決意めいた目で兎束を見た。

「興味深いお話でした。それでお伺いしたいのですが、そこまで仰るならなぜ私を逮捕されないのですか？　そもそもどんな罪になるのですか」

兎束は自虐的に笑みを浮かべながら、ため息を吐くと、恵美が指を折りながら言う。

「捜査を攪乱《かくらん》させた公務執行妨害、偽証罪。あと窃盗《せっとう》罪？」

「いずれも状況証拠だけで裏付けが取れません」

兎束が言うと、麻美が挑戦的な視線を向けてくる。

「それでもお話しされたのは、揺さぶって、動揺した私に自白させ、自首でもさせようと？」

「自首として認められるかどうかはわかりません。またどこからどこまでをどんな罪に問えるのか、正直、わかっていません。しかし、あなたに期待していたのは、その通りです。我々が見られなかったところでなにが起こったのか、教えてほしい」

「いまのままでは起訴できないからですね」

「はい。しかし、ひとつずつ固めていけるとは思っていますし、それまで諦めないつもりです」

麻美は立ち上がると、傍《かたわ》らのスーツケースのハンドルを握った。

「私がこの部屋を出るのも止められない」

「その通りです」

目を伏せる兎束の横で、麻美が立ち上がる。

「そうですか、では失礼します」


「いいんですか？」

恵美が片眉を上げ、部屋のドアが閉められるのを見送った。

「どうしようもないですからね」

兎束は口ではそう言いつつも内心は穏やかではいられなかった。

「今回は、いくらやっても網に大きな穴が開いているような感じなんです。だから、揺さぶって自分から網に引っかかってくれないかなと思ったのですが、意外としたたかでした」

「犯罪人引渡条約のない国に行かれたら、日本に戻せないですすよ」

「そうなんですよ。だからその前になんとかしようと思ったんですが」

「ふーん。で、これからどうするんです」

「まぁ、地道に裏を固めていくしか――」

兎束の腹の底で、ふつふつとなにかが湧き上がってくるのを感じた。このままでは終われない。今回は無理でも、次につながるような〝仕掛け〟をしておきたい。

「――とは言うものの、ちょっと失礼」

兎束は病室を出ると人気《ひとけ》のない廊下を抜けてエレベーターホールに向かった。麻美は医師に呼び止められていたようで追いつくことができた。

「すいません、滝本さん」

兎束が来ると、若い医師は両者を一瞥し、頭を下げて立ち去った。

「なにかあったんですか？」

エレベーターに乗り込み、一階のボタンを押す。

「このキャスターがうるさいと。病院なので配慮してくださいと注意されました」

「なるほど。確かにローラーがガタついているようですね。でもこれ、まだ新品ですよね。初期不良ならメーカーに言ったほうがいいですよ」

「いえ、いいんです」

兎束はローラーを覗き込んでいた顔を上げた。

「このスーツケースはブランドものですし、耐荷重は百キロくらいありそうですが、なにかよほど重いモノを運ばれたんでしょうか」

麻美は無言のままエレベーターを降り、ロビーを突っ切っていく。確かにキーキーと耳障りな音をたてながら、時々左右に大きくブレる。

七億の金塊の重さは八十キロ近いはずだ。スーツケースの耐荷重の範囲内だとしても、道の悪いところを通れば、衝撃でキャスターにガタつきが出てもおかしくない。

麻美は一台だけ停まっていたタクシーの窓を急かすように叩き、後部ドアを開くように催促する。

スーツケースをトランクに積み込むのを手伝おうとした兎束を麻美は遮った。

「結構です」

出てきた運転手にスーツケースを預けると、麻美はさっさと後部座席に座る。運転手が戻る前に自分でドアを閉めようとしたが、兎束は体を入れてそれを遮った。

「滝本さん、あなたが手に入れたものを多くの者が追っています。それは裏の世界で生きてきた者たちです。一時的に手にした富でも、それが汚れたものである限り、あなたは別のものを背負うことになります。安住を支えるものにはなりえません」

「意味がわかりません——出してください」

戻ってきた運転手に言うと、あなたに止める権限はないですよね、という目で兎束を睨んだ。

こんな目をする人物だとはじめからわかっていたら、麻美に対して別のプロファイリングができたのかもしれない。

兎束は一歩下がり、自分の手でドアを閉めた。意図せず、やや強めだった。

ロータリーを出て行くタクシーを見送った。

病室に戻った兎束に、恵美はなにも言わなかった。ただひとこと、悔しいね、と呟いた。しばらく無言の時間を過ごし、兎束は言った。

「当然、諦めたわけじゃありません。とことん追いますよ。ただ、今夜だけは頭を休めます」

「ですね。じゃ、気分転換にひとつ頼まれてもらってもいいですか」

「なんです？」

「そこのバッグなんですが、家に届けてもらっても？」

小さなナイロン製のバッグを手で示した。

「着替えなんですけど、きょうは妹の体調がよろしくなくて、取り替えに来られなかったんです」

「いいですよ」

兎束は示されたバッグを手にとった。

「中を見たらだめですよ、下着とか入ってるから」

そんなもの見ません、と言いたかったが、そんなものとはなんだと反論されそうだったのでやめた。

「じゃ、着替えを受けとったら明日持ってきますよ」

「お願いしますー」

部屋を出ようとドアハンドルに手をかけた時、恵美が言った。

「ぴょんさん、とりあえずお疲れさまでした」

兎束は頷いて、部屋をあとにした。


恵美の自宅は地下鉄で一本だった。あとから隣に座った酔っぱらいのサラリーマンに寄りかかられるのがいやで、兎束はドアの付近で立っている。

窓に映る自分の顔に、思わず苦笑した。

なんて顔だ。二十は老《ふ》けて見える。

それだけ敗北感が強かったのだ。

これまで必ずしも事件を解決に導いてきたわけではない。死者を出してしまったこともあった。警察は無力だと、自己否定したこともあった。

しかし、そこから生じるさまざまな感情のほとんどを、センパイは受け止めてくれていたのだと感じていた。

それが、いまは、真相を明らかにできないという現実をすべて背負ってしまったかのように、体が重かった。

結局、滝本に振り回されていた。その間に水城は刺され――。

手にしたバッグに目を落とす。

そして恵美もまた負傷した。それらを止められなかった。ようやく真相に近づいたものの、すべてが状況証拠で麻美を止める手だてはない。

思わず扉を叩いてしまったが、車内で注目する者はおらず、酔っ払いが目を覚ましただけだった。

豊洲駅で降り、恵美のマンションに辿り着くまでの道のりは足が重かったが、それを軽くしてくれたのは澪だった。

「姉から聞いています、わざわざすみません」

マンションのエントランスのインターホンを通しても、その名が示す通り透き通った声だった。

エレベーターを降り、ホテルのような内廊下を進んでいくと、一番奥の扉を少し開けて澪が半身を覗かせていた。

「こんばんは。体調は大丈夫ですか？」

「ええ、貧血がひどくて。それより本当にすみません」

澪はドアを押し開け、兎束はそれを受けて広い玄関に入った。

澪はシルクの水色のパジャマにナイトガウンを羽織っていたが、ショートパンツから白く細い脚が見えて慌てて目をそらした。

「あの、ドアの外で待っていますので」

気を遣ったつもりだったが、澪は笑う。

「そんなの変質者ですよ。いま代わりの着替えを持ってきます」

苦笑していると唐突に兎束の携帯電話が鳴った。

『そろそろ着く頃でしょ』

恵美だった。

「どこからか見ているんですか。ストーカーですよ」

『うるさいなー。はやく着替えを受け取って帰って下さい』

部屋の奥から戻ってきた澪はすぐに察したようだった。

「もう、お姉ちゃん。わざわざ来ていただいたのに」

口元に片手を当てて、自身の声を兎束の携帯電話に送り届けるようなしぐさをした。

兎束はスピーカーモードに切り替えた。

『なに言ってんの。ぴょんだって男なんだから気をつけなきゃだめでしょ』

「それならどうして着替えを頼んだのよ」

まったく同感だった。

『で、貧血は大丈夫なのね?』

「ええ、入院してる人に心配されるほどじゃないわ」

それから兎束にだけ伝わるようにささやいた。

「もし私が入院するようなことがあったら、きっと姉とおなじ部屋になっちゃいます。束縛がひどくて」

『ちょっと、聞こえたわよ』

兎束は苦笑する。少し羨《うらや》ましかった。

「いい姉妹ですね」

『いいから、ぴょんはさっさと帰って下さい』

「はいはい、仰せのままに」

澪が、ごめんなさい、と首をかしげる仕草が可憐《かれん》だった。

彼女が入院する様子を想像し、そうならないことを祈った。

そこで兎束は固まってしまう。

『もしもーし、ぴょん？　帰った？』

「どうかされましたか？」

澪の声に恵美が答える。

『あ、ぴょん固まった？』

兎束の海馬では記憶のファイルをめくっていた。

この感覚はなんだ。

意識していなくても自分の目で見たものは記憶に残っている。そのなにかを思い出せ、ともうひとりの自分がけしかけている。

『ぴょんはね、いま敗北感にまみれているの』

「えっ」

くりりとした目を向けられたが兎束の脳内はフル回転で、うまく反応できなかった。

『いや、まあ、ただ逃げられるのが悔しくてネチネチ言うために追いかけたくらいだから性格が悪いともいえるか』

恵美の軽口を無視して、もう一度バッグに目を落とす。追いかける——？

そして一気に思考がつながりはじめ、背中に氷水を流された感覚に背筋を伸ばした。

水城の行動に関して、ストーリーとうまくつながらなかった情報が残っている。

——拳銃を所持していたこと。

——大貫を殺害した理由。

——誰かに追われて焦っているように見えたこと。

——紗季から記憶を取り出すことに性急だったこと。

それらが別の流れを形成しはじめていた。

玄関の棚の上にあるキーホルダーに目が留まった。

「毛利さん、車を？」

『ええ持っていますけど……ちょっと？』

腕時計に目を落とす。

「貸してください。緊急につき、訳は道中話します」

恵美が答える前に澪がキーを手渡してきた。

「私は共同オーナーなので、どうぞ使ってください。赤のアバルトです。駐車場は地下二階です。ご武運を」

兎束は澪に頷いて見せるとエレベーターに向かった。

『ちょっと、傷をひとつでも付けたら許しませんよ！』

スピーカーモードをオフにしていてよかった。さもなくば、いくら防音設備が整った高級マンションであっても近所迷惑になりそうだった。

『で、どういうことですか』

「その前にすいません、緊急で連絡を取りたい人がいるので一旦切ります」

恵美の悪態を聞きながらエレベーターに乗り込むと、地下二階のボタンを押して木場に電話をかける。

『どうしました』

「まだ本部ですか？」

『ええ、報告書が溜まっていたので。そろそろ出ようと思っていたところです』

「すいませんが、緊急で調べて欲しいことがあります。新宿医科大学病院を一時間前に出発したタクシーを探してください。乗客は滝本麻美です。荷物はスーツケースひとつ。車種はジャパンタクシーで会社名は覚えていないですが、ナンバーの末尾は703、行き先は空港、成田か羽田。確かドバイに行くと言っていたので……」

矢継ぎ早に伝えるが、木場は心得ていた。

『了解、残っている人員であたります。理由はあとで聞きます』

阿吽の呼吸とばかり緊急性を理解してくれているのがありがたい。

エレベーターを降りると車のリモコンを押す。駐車場の端で電子音と共にハザードランプが点灯する車があった。

アバルト595。てんとう虫のような丸っこい形をした車で、一見すると可愛らしいデザインだがスポーツカーとして愛好する者も多いという。

ドアを開けた時に着信音が鳴った。

『ちょっと、説明してくださいよ』

車内に乗り込みシートを思い切り後ろに下げる。恵美の好みなのかムスクの香りが鼻を突いた。

「滝本さんです、彼女が危ない」

『さっきはのうのうと見送っていましたけど?』

「その時は気づかなかったのですが、病院である男を見たんです。医師の恰好をしていました」

『それが？』

「暗殺者ってことです。滝本さんを狙って、ずっと付けていたんです。毛利さんも見ています」

「えっ⁉」と恵美が声をあげた。

「八王子駅、滝本さんが改札を通過する時も映っていました。すぐ後ろにいた男です」

兎束の脳裏には病院で滝本に接近していた医師の顔が思い出されていた。設楽が見せてくれた写真の中のひとりだ。細く切れた目尻と口元が印象に残っていた。

兎束を見た時、眉がわずかに跳ね上がり、口角を歪ませた。あれは音にならなかっただけで、舌打ちではなかったか。

もしプロの殺し屋ならば、あの場で殺害されていた可能性すらある。

そもそも、麻美の自宅を監視していたのも暗殺者で、クリニック院長を殺害したのも、水城ではなく暗殺者。そして水城も実は追われていた。

富嶽製薬での研究は、脅迫をすることで中止させられたが、その後、水城、大貫、麻美は、紗季に抗麻薬ワクチンを投与していた。

その目的は違うものだったが、暗殺者にとっては、研究を継続しているように見えただろう。

水城は大貫の死で、自身も狙われていることに気づいたかもしれない。だから金塊の回収を急ぎ、身を守るために銃を持ち歩いていた……。

不思議とすべてがつながる気がした。

「いま滝本さんが乗ったタクシーを捜索中です」

エンジンをかけると、そのボディからは想像できないほどの低い排気音が響いた。

「また切ります」

『ちょっ――』

兎束は設楽に発信しながらギアをドライブに入れた。

兎束は首都高速晴海《はるみ》線の入り口に車を回し、路肩に駐車して連絡を待った。この先で湾岸線につきあたると、右が羽田、左が成田だ。

木場からの着信があった。

『成田です！　さきほど滝本を空港で降ろしたそうです』

兎束はこころで悪態を吐《つ》きながら車をスタートさせた。

「千葉県警に連絡を。空港警察に滝本の身柄を確保させてください」

『確保って、空港は広くターミナルは三つもある。航空会社とかは……あ、ドバイ行きでしたよね。ちょっと待って」

木場のキーボードを叩く音を聞きながらしばらく待った。

『ドバイ……あった。二十二時三十分のエミレーツ。第二ターミナルです』

「それです。県警を向かわせてください」

『だけど任意で拘束は無茶です。なんの権限もありません』

「あとで警視庁の兎束が逮捕状を持って行くからとでも言ってください。責任は私が取ります」

アクセルを踏み込み、なだらかなスロープを駆け上がった。隙間なく空間を埋める高層マンションの明かりを横目に見ながら上昇し、東行きの車線に車を乗せる。

また着信があった。通話ボタンを押し、スピーカーモードにしてダッシュボードに投げる。

『状況を説明してくださいよ！』

恵美の金切り声と、タイヤの軋《きし》み音が重なった。制限速度六十キロのカーブをそれ以上のスピードで駆け抜けた。

『ちょっと、聞いたことがない車の音が聞こえるんですけど？　それ、エンジン？』

唸り続けるのは確かにエンジンだった。

「傷はつけていませんよ」

湾岸線に合流すると床が抜けるほどにアクセルを踏み、一気に追い越し車線に滑り込む。

『ちょっと、無理しないで！　ほんと壊さないでよね！』

まるで見えているかのように恵美が叫んだ。

「すいません。ちょっと飛ばします」

『ええっ！　いつものルールの権化・兎束はどこへ』

「また連絡します」

『ちょ、コラ――』

通話を切ると、時間を確認した。現在の時刻は二十時を回ったところだ。成田空港まで一時間……。

兎束はシートに体を埋め、またアクセルを踏んだ。

成田空港まで十五キロほどにまで迫った。酒々井《しすい》パーキングエリアを通過した時、木場から連絡が入る。

『いま千葉県警から連絡がありました。滝本麻美の身柄を確保したそうです。第二ターミナル一階の警察官詰所に向かってください』

兎束は安堵した。当面は安全だ。

「了解です、助かりました」

『喜ぶのはまだ早いですよ。なんの権限で拘束するのか、弁護士と話をすると息巻いているようです。飛行機に乗り遅れたらどうしてくれるのかと。千葉県警には追って説明する旨を伝えてはいますが、相当不利な状況ですよ』

「それで構いません。あとはなんとかします」

兎束は成田空港到着ロビー前に車をつけると、警察官詰所に向かった。

警察官詰所は成田空港内に六か所設けられており、交番というよりも空港警備の拠点としての意味合いが強いが、目立たない場所にひっそりとある。

「警視庁捜査一課の兎束です」

警察手帳を掲げると、ベテラン然とした巡査部長が対応した。

「緊急の要件ということで、なにしろこちらでは詳細は聞いておりませんでしたからね。身柄を確保したものの説明できずに困っておりました。いったいなにがあったんです」

「実は彼女はある事件において命を狙われている可能性があったのです。そこでご協力をいただきました」

「えっと、それは、どういった権限で」

やはりそういう問題になる。

「責任は警視庁でとります。いま彼女はどちらに」

「ちょっと待ってください。てっきり犯罪者の国外逃亡を止めるのだと思っていましたので、任意同行とはいえ強引に確保するしかありませんでした」

千葉県警による拘束が誤認であった時の、責任の所在について不安になったようだった。

「十分な説明ができず申し訳ありません。しかるべき者より、必ずご報告させていただきますので」

納得ができないという表情を浮かべたまま、警官は隣室のドアを示した。

「すみませんがもうひとつお願いがあります。調べていただきたいことがありまして」

巡査部長の背後に控えていた他の警察官の顔には怒りすら見えていた。いくらあとで責任を取ると言っても、最前線で法的根拠のない行動を取らされた上に、さらに調べ物をしろという。怒るのももっともな話であった。

それでも頼み事をした兎束はドアを開けた。

普段は待機室として使用しているのだろう。もてなしの設備が一切ない簡素な空間に、プラスチック製の折りたたみ椅子に座らされた麻美がいた。

「やっぱりあなたですか」

怒りを抑え込んだ震えた声だったが、それでも麻美が無事であることが兎束には嬉しく思えた。

それくらい、本気で心配したのだ。しかし麻美には伝わらない。

「こんなことをしてタダで済むと思っているのですか」

語尾に向けて声が大きくなった。

「チケットについては補償します」

「当たり前でしょ！　現地についてからの予定もあったのに、すべて狂いました。弁護士に相談して徹底的に責任を追及します。こんな嫌がらせをやりますか」

「聞いてください。あなたを助けたかったのです」

「なにを言っているんですか！」

立ち上がって、足を鳴らした。怒りをどうぶつけていいのかわからず、感情が爆発して泣き叫び始めた。

「もういやだ！　なんなのよ！」

兎束は一歩近づいて、落ち着いた声を意識した。

「これはさっきの話とはまったく関係ありません。金塊とかどうでもいい。あなたの研究に関することなのです。私は物事をしっかり捉えていなかった。二つの事件が混ざり合っているために気づけなかった」

「意味がわからないっ！」

「あなたの研究は、麻薬取引を生業とする組織から見ると、ビジネスを根底から覆されるほどのインパクトを持っていた」

「そんなの、言ったとおり、他の国でもやっています」

「他にはない要素があるんじゃないでしょうか」

「目的は変わりません」

「だとしても、化学的な作用には違いがあるのでは？　目的は同じでもアプローチはそれぞれ異なりますよね。それが気に入らない連中がいるとしたら」

「だからなんなんですか！」

麻美はまた怒りが込み上げてきたようだ。

「私の研究は水城に潰されました。もう関係ないんです、放っておいてください」

「放ってはくれない者がいるんです」

「はあ？」

「クリニック院長の大貫殺害は、水城によるものと考えていました。しかし凶器は見つかっていないし、そもそも動機もわからない」

大貫の死亡推定時刻にクリニックを訪れていることと、シャツに付いた返り血のような痕跡が根拠だったが、捜査は進展しなかった。

「じゃあ、いったい誰が」

そこにノックがして、先ほどの巡査部長が入室してきた。兎束は手渡された紙に目を落とし、それを麻美に見えるように渡した。

「これはあなたが乗る予定だったドバイ行きの乗客リストです。このなかにチケットを購入したもののチェックインしていない乗客がいます。ひとりはあなたです」

「強引に連れてこられましたからね！」

巡査部長を睨みつけた。その視線を紙に戻させる。

「ここを見てください。もうひとりいます。この人物がチケットを買ったのはほんの一時間前のこと、カウンターで直接購入しています。国籍は中国籍のテレンス・コンとなっています。おかしくないですか。そこまでして安くもないチケットを購入しているのに搭乗時間になっても現れない。保安検査場も通過していません」

「意味がわかりませんが」

「あなたを追っているように思えませんか」

無言になった。

「私が気づいたのは病院です。あなたがエレベーターに乗る時、声をかけてきた医師がいましたよね」

「あなたは、あの人が殺し屋だとでも言うんですか」

「その通りです」

きっぱり言い切ると、麻美は目を丸くした。

「公安部も追っている人物です。あなたが八王子で花を手向けた後、駅の改札口を通った時も、すぐ後ろにいました。ずっと機会を狙っていたのでしょう」

設楽から写真を見せられた時、ある人物で手を止めた。その時はわからなかったが、すでにその男を見たことがあり、脳が記憶していたのだ。

改札口の防犯カメラで。

「あなたが拉致された時は所在がわからなかったのかもしれませんが、また自宅に戻ってきた。しかし警察官の見回りが多くて下手に動けない。そんな時、ドバイに行くことを知ってチャンスだと思った。海外旅行者が事件に巻き込まれることはよくあるし、地元警察が背景を知らなければそこまで捜査もされない。あのまま飛行機に乗っていたら、現地に到着した直後に行動していたはずです。そうして抗麻薬ワクチンに関わる者を排除しておきたかったんです」

麻美はしばらく立ち尽くしていたが、それでも強固な態度を崩そうとはしなかった。

「確証はあるんですか」

「いいえ。ただ確信しています。私はあなたを守る義務があります」

上目で兎束を睨みつけ、口を強く結ぶ。湧き上がる怒りの息が鼻を大きく膨らませていた。

「これは任意ですよね」

「そのとおりです。あなたを拘束する法的根拠はありません。すべては私の一存です」

「そうですか、ご苦労様でした。ならば私は行きます」

兎束を肩で押し退け、その勢いのまま様子を見守っていた県警の警察官を掻き分けていく。

「待ってください」

「従う理由がないことは今、自分の口で言ったばかりですよ」

「どこにいくんです」

「近くのホテルに泊まって明日の便で発《た》ちます。煩雑な手続きで大変です。これ以上付き纏わないでください。損害については追って弁護士から連絡させます」

麻美は到着ロビーを大股で抜け、タクシー乗り場に向かう。車道をひとつ渡るための横断歩道の前で立ち止まったところを、兎束は前を塞ぐように立つ。

「お願いです、状況がわかるまで警護させてください」

「そう言って時間稼ぎをしたいだけじゃないんですか——ああ、そうだ。そうなんですね？あなたが言ったストーリーとかなんとか、その辻褄を合わせるためなんですね」

リムジンバスが通り過ぎるのを待ち麻美は挑発的な呆れ顔を見せて横断歩道を渡った。追いかけようとした時、背後から呼び止められた。千葉県警の巡査部長だ。

「兎束さん、これは問題ですよ。我々も報告をしなければなりません」

「ご迷惑をおかけして申し訳ありません。ですが、本当にありがとうございました」

敬礼を返すと巡査部長は意外そうな顔になった。

「よくわかりませんが——貫いてください」

兎束は頷いて、麻美の後を追った。

「滝本さん」

麻美は振り返ることなく小走りに近い歩幅で進む。居並ぶタクシーの先頭まではまだ距離があった。

完全に兎束を拒絶してしまっていて、どうすればよいのかわからなかった。

その時、左側にすうっと車が滑り込んできた。黒塗りのドイツ製のＳＵＶだ。空港の利用客を下ろすのかと思っていたが、その車は前を行く麻美の歩みに合わせてスピードを落とした。

後部座席の窓が半分ほど開いている。

兎束は咄嗟に走り出した。走りながらさまざまな感情がないまぜになって追いついてくる。焦り、恐怖、怒り……。

窓から突き出されたのが銃口であるのは間違えようがなかった。

麻美まで二メートルのところで、彼女は異様な気配に振り返った。そして顔面を固まらせた。兎束が飛びかかってきたからだ。

二人はそのまま地面に転倒し、麻美が悲鳴をあげる。

「誰か助けて！　この人――」

そこで体の右半身が濡れていることに気づいて言葉を失った。

濡らしていたのが、覆いかぶさる兎束の体から流れ出す大量の血液だったからだ。

兎束は、麻美に飛びかかった時に感じた、脇腹を殴られたような感覚が銃によるものであることは状況から理解していたが、激痛が走ったわけでもなく、ただ重力が増加したように体が重かった。

頭をなんとか車道側に回す。後部座席の半分開いた窓の奥に、獲物をとらえたハンターのような歪んだ笑みが見えた。

ああ、やはりあの医者か。

そんなことを考えるのが精一杯で、あとは麻美の体を残された力をすべて使って抱きしめた。銃弾が入り込む隙間を与えないように。

銃口が向く。引き金に指をかける様子もはっきり見えた。兎束は最後まで決して目を閉じるまいと思った。

もし生きて帰れたら、自分が証言しなければならないからだ。

バンッ！

破裂音が響き、周囲が一瞬、ストロボを焚いたようにパッと光った。

しかし、それは車の衝突によるものだった。

後ろから追突された暗殺者がシートに激しく叩きつけられていた。

続いてはさみ打ちにするように前からも車が正面衝突し、ボンネットがくの字に折れた。

そしてそれぞれの車から降りてきた男たちがＳＵＶを取り囲んだ。

手を上げろ、と叫びながらドアを開け、中から引きずり出された二人の男が地面に押さえつけられた。

「兎束っ！」

聞き覚えのある声が、もう動かなくなっていた兎束の身体を仰向けにする。設楽だった。言葉を返そうとするが声にならない。

「救急車を呼べ！」

設楽が叫ぶ。しかし、その姿はかすれ、意識がふわりと浮遊するような感覚になった。それを地上に引き戻すような、内臓を鷲掴《わしづか》みにされるような鈍い痛みが駆け上がってきて呼吸を一瞬止めた。

見ると麻美が兎束の脇腹を押さえていた。

「大丈夫、肝臓には当たっていない。血の色でわかるの」

「……救急救命の……知識が？」

「いちおう医学は学んでいますから」

静かだった現場は一気にものものしくなっていた。さっきまで対応してくれた千葉県警の警察官らが兎束を気にしながらも現場の整理に追われていた。

「あの、ありがとうございました。助けてくれて」

兎束は笑おうとして顔を歪めた。

「ごめんなさい……。私の手は汚れているかもしれませんが、いまこの手を外すわけにはいきません」

「……汚れなんて、あなた次第で……綺麗になります……よ」

ふわっと、また意識が遠のいた。周囲の喧騒《けんそう》も消えていく。頭をよぎったのはロッカーだった。

皺のない、滑らかな表面を持つシャツ。ああシャツを着替えたいな、と思ったところで視界が暗転した。

14

眩しい。

電気スタンドを顔に当てられているようだ。やめてくれ、電気を消してくれ。まだ眠っていたいんだ。疲れたから、もう少しだけ休ませてくれ。

しかし、まどろみから覚醒に向かう流れは止められなかった。

こんなに重量があったのかと思うほどの力を瞼にこめて薄目を開けると、カーテンの隙間から太陽が差し込んで顔を照らしていた。

しばらくぼんやりと天井を眺めているうちに脳は活動を再開し、記憶を整理整頓した。あわせて体中の自己診断をはじめた。

体は動かせないものの、手足の感覚はある。頭にも負傷はなさそうだ。

撃たれたのは腹部だけと思われるが、あれからどれくらい経ったのか。

視線を巡らせて室内の様子を観察する。

右手に窓、空しか見えないから上階の病室だろう。相部屋の窓際のベッドをあてがわれたようで、左はカーテンで仕切られており、その向こうに人の気配があった。

状況を確認したいことは山ほどあったが、いまはじっとしていようと思った。

ふわりとカーテンを揺らし、顔を覗かせたのは澪だった。冗談ではなく、天使が現れたと思った。

「えっ、澪さん？」

わざわざ見舞いに来てくれたのかと嬉しくなる。

「兎束さん、良かった」

澪は満面の笑みを浮かべ、ベッドの横に椅子を引き寄せて座った。

「私は何日ここに」

「一日です。でも千葉で二日間過ごしているから今日は四日目の朝ですね」

「千葉から転院を？　ここは東京ですか」

「そうです。容態が安定するのを待ってこちらに」

「そうですか。わざわざ来ていただいてありがとうございます。お手間をおかけします」

澪はバツが悪そうに華奢《きゃしゃ》な体を捩った。

「手間ではないんですよ。どちらかというと、むしろ兎束さんに来ていただいたというか」

「来た？　どこに？」

澪は立ち上がるとカーテンを開けた。兎束は隣の患者に挨拶をしようとして、そして息を止めてしまった。

「ぴょん！　お帰りなさい、大変でしたね」

恵美!?

改めて部屋を見れば、よく知る風景だった。

兎束は痛みを忘れて上半身を起こした。

「ど、どういうことです、これは」

「どうもこうも、ぴょんさんを転院させるってことで、それならどうぞって。ほら、この部屋広いから。みんなも一度に見舞いに来られるから楽だし」

「そうではなく、どうして同じ部屋に」

「なにか問題でも？」

「男女が同じ部屋とかコンプライアンス的にも」

「いまのぴょんさんにいったいなにができるというのですか。オイタのオの字もできません」

恵美の高笑いに、さっそく苦虫を嚙み潰した。

「それにコンプライアンスっていうけどさ、ウチらってさ、張り込みで、狭い車内で一緒に朝を迎えることもあるでしょ。なにが違うっていうのさ」

開いた口が塞がらない、という体験を久しぶりに味わった。

「どうせ、来る人も医者以外は警察関係者でしょ。それなら会議もできるから、効率的でしょ」

恵美なりの優しさなのだろうか、とその主張を検討してみるが否定も肯定もできなかった。

「それに、一課長も賛成してましたよ?」

「一課長も?」

兎束の声がうわずっていた。

「ほら、関係者が集まって事件の話をしても問題ないわけだし」

どこまでが本当かわからなくなった。

楽しげにやりとりを見ていた澪が買い物に行くと言って部屋を出る、その入れ替わりに木場が訪ねてきた。

木場は苦笑しながら兎束と恵美の間に椅子を引き寄せて座った。

「うちの班は三人しかいないのに、そのうちの二人が入院しているって前代未聞ですよ。さらに空港に乗り捨ててあった車から大量の女性用下着が見つかって、兎束という刑事は変態か、と千葉県警を中心に評判になってます」

そう笑う木場の横で、兎束は目の前が暗くなったような気がした。

「班ができた途端に部下二人を病院送りにした班長、というレッテルを貼られてしまったので出世は望み薄です。つきましては、退院後は馬車馬のように働いてもらいますので」

木場が歯を見せて笑った。

「それで、事件のほうはどうなりました?」

「滝本麻美がすべてを話してくれましたよ。いまはその裏付け捜査をしていますが、彼女は協力的です」

事の発端は、やはり抗麻薬ワクチンだった。

それが完成すれば世界の麻薬ビジネスが根底から覆されかねないと危惧した麻薬カルテルは研究を潰そうと画策し、富嶽製薬の担当役員だった樋口に、研究を中止するよう脅迫した。優れたアイディアがこうして潰れることは日本ではよくあることで、このまま闇に葬ることができたと思った。

しかし、水城が秘密裏に研究を継続していることを摑む。

水城としては抗麻薬ワクチンの完成には興味はなく、紗季の記憶を回復させたいだけだったが、樋口と同様に脅迫を受けていた。

焦った水城は、早く金塊を奪って逃走しようと、紗季に抗麻薬ワクチンを投与した。

紗季が死に、抗麻薬ワクチンの存在が知られる前に関係者の暗殺を企てたカルテルはヒットマンを送り込み、まず大貫を殺害する。

その報を聞き、追い詰められた水城は麻美を拉致し、金塊の在処を聞き出そうとするが、組崩壊の恨みを持つ榎本に襲われる。

水城を出し抜いた麻美は金塊を回収し、金《かね》に換えて海外に逃亡しようとしたが、カルテルはその動きも摑んでいた。

金塊は都内に契約したレンタル倉庫の中に残っていたという。ほとぼりが冷めたら換金しようと思っていたらしい。

「執行猶予はつかないだろうけど、彼女の場合はそのほうがいいのかもしれない」

兎束も同感だった。殺し屋に狙われる心配がない。

「襲った連中は」

「そっちは公安が引っぱっていってそれきり。情報をくれるのかどうかわからん」

兎束は苦笑いする。

「それから、富嶽製薬が抗麻薬ワクチンの開発を再開するそうだ。滝本には刑務所の中でも、かえって頭を使う時間はあるだろうからと」

抗麻薬ワクチンが無事に完成すれば、紗季のような被害を止められるかもしれない。その未来に、兎束は自然と笑みがこぼれた。

「それで、高島紗季さんの件は？」

「捜査のやり直しに入っていますが、いまのところ兎束さんの推理で合っているという認識です。コンサルタント会社にいた元鶴島会の連中の証言や、拉致犯らトクリュウの動きも解明されつつあります。このあと詳細な情報が入ってくれれば裏付けがとれるでしょう。紗季さんの名誉は回復されます」

それを聞いて、兎束はほっとした。その瞬間、体がズキリと痛む。

「まあ、いまは休んでください。二人仲良くね」

笑いを嚙み殺す木場に、この状況をなんとかしろ、と言いたかったが、木場は俯いて肩を震わせるだけだった。

その時、ノックの音がして、木場が「どうぞ」と声を返す。

ドアが開き、花束を抱えた人物を見て兎束は破顔した。

「センパーイ!」

エピローグ

館山湾に波はなく、新緑を誘うような穏やかな日よりだった。

タクシーは漁師町を抜け、小高い丘の下で止まった。

「すいませんね、車で行けるのはここまでなんです」

運転手が申し訳なさそうに言ったのは三名の乗客の内、二名の足元がおぼつかなかったからだ。

「リハビリにちょうどいいでしょう」

兎束はトランクを開けてもらうまで車の屋根に手を置いて身体を支えていたが、松葉杖を取り出すと、そちらに体重を預け替えた。

まだよろけることはあるが、これでも二本だった松葉杖は一本に減っている。恵美の回復も早く、やや足を引きずるものの、自分の足でしっかりと歩いていた。

「荷物持ってやるよ」

秋山が恵美に手を差しのばすが、恵美は首を振り、コンクリートで固められただけの細い山道を行く。

続いて兎束、秋山の順であとに続いた。

本来なら五分もかからないところを十五分かけ、兎束は汗だくになった。館山湾を一望し、葉音を立てる柔らかい風に思わず笑みがこぼれた。その風が周囲を満たす満開の桜の花びらを運んでくる。

「お待ちしておりました」

声の主である篠原は、兎束が松葉杖を突いていることに目を見開いた。

「すいません、事情をお伺いすればよかった」

篠原は頭を下げた。

「いえ、あれからいろいろありまして」

その墓地を訪れるのは二回目だった。

決して整備が行き届いているわけではなく、花立《はなたて》に朽《く》ちた花を抱えたままの墓石や、雑草に埋もれそうになっているものが多々あるのも以前から変わっていない。

「もともとはこの地区の人たちの共同墓地でして、私のように、町を出てしまったっきり戻ってこない人も多いのです」

やがて御影石の墓の前で止まった。すでに清掃は済ませたようで、前回よりもこざっぱりとしていた。

金塊がこの墓に隠され、すでに麻美が回収したと考えた兎束は、篠原に断りを入れて、以前ひとりで訪れた。

はじめは半信半疑だった。

墓を開けるには排石《はいせき》と呼ばれる巨大な石を動かす必要があるし、防水の処理がしてあれば、バールなどの道具を必要とするケースもある。はたしてそれを女性ひとりでできるのかと。同様の疑問を秋山や恵美も持っていたが実際に見て納得したようだ。

篠原が説明する。

「この墓はずいぶんと古いものですが、かつて館山の墓石というのは一段高くなっているのが特徴でして、横に小さな扉があるでしょ。あそこから骨壺を入れるんです」

蓋《ふた》は一辺が四十センチほどの正方形で、中央に指を引っかける穴があり、道具を必要とせずに開けることができる。骨壺が収められているカロートという空間も一般的な関東式の墓よりも大きく取られているという。

麻美によると、骨壺は上下二段に分けて置かれていて、金塊は下の段の奥にベニヤ板と他の骨壺によって隠されていた。合計で四つのバッグに分けて置かれていたが、同じ空間に哲也の遺骨も収められていたことを考えると皮肉なものだと思った。

「哲也が子供の頃、よくトム・ソーヤーの冒険を読んでやりましたが、それに影響されたのか、ここを秘密基地にするんだと言って入ろうとしたり、宝物を隠そうとしたりして開けるものだから、よくばあさんに怒られていたなあ」

やや、寂しそうな顔になった。

「それが、母親が入り、そして本当に自分も入っちまいやがって」

それから荒れ放題の隣の墓に目をやる。

「私が死んだら、ここの手入れをする者はいなくなります。だから近々墓じまいしようかと思ってましてね」

秋山が持参した花束を花立に供え、手を合わせた。兎束はしゃがむことが難しかったため、松葉杖を脇に挟んだまま拝んだ。

それから篠原に向き直る。

「篠原さん、今日はこちらをお届けしたかったのです」

兎束は内ポケットから小袋を取り出し、中身を手渡した。

「これは……！　どうしてこれを」

篠原はそれが妻の指輪であることがすぐにわかったのだろう。驚きのあとに、再会の懐かしさや嬉しさのような表情が代わる代わる表れた。

「哲也さんが持ち出したということでしたが、お金にしたかったわけではなかったようです」

「といいますと？」

「彼には好きな人がいたんです。自分の不甲斐《ふがい》なさで彼女を不幸にしてしまったけど、窮地の彼女を救い、一緒になるチャンスが巡ってきました。その時に渡したんです。指輪を買うお金がなかったわけではなく、母親のものをあげることで、彼なりに家族になろうと思ったんじゃないでしょうか。そしてその女性も、その指輪を大事に身につけていました」

「哲也に、そんな人が……？　あんな哲也に？」

いままで黙っていた秋山が口を開いた。

「私から見たらどうしようもないただのチンピラでした。しかし彼も好きでそうなったんじゃない。弱いところを利用されて道を踏み外し、好きな女も守れなかった。その思いが最後に爆発したんです。結果は悲しいものでしたが、少なくとも彼女の心には残っていて、その後の更生の支えになりました」

「あなたは、その女性のことをよくご存じなのですか」

「ええ、そう思っていましたが、実際は違いました。特に哲也くんの存在がいかに大きかったのか、知る由《よし》もなかった。私は偏見の目で見ていたのかもしれない。彼は……そんな偏見の中で生き抜こうとしていた。早く気づいてあげれば死なせることもなかったかもしれないと、いまは後悔しています」

篠原は指輪をひとしきり眺め、握った。

「その女性は……」

「残念ながら事件に巻き込まれ、命を落としてしまいました。連絡のつく身寄りがないため、いまは東京の遺体保管所に。おそらく無縁仏としていずれかの墓地に埋葬されるはずです」

篠原は深いため息をつき、眼下で輝く館山湾の穏やかな海を眺めた。

「その方のご遺骨、私のほうで引き取らせていただけませんか」

秋山は兎束を見た。

「基本的に引き取りは二親等以内となっているはずですが……例外もあったと思います。よければ調べてみます」

「ありがとうございます。それと、これはやはり彼女に」

そう言って指輪を差し出してきた。

「よろしいのですか」

「ええ、もし私が哲也としっかり話をすることが出来ていて、あいつが母親の指輪をあげたいって相談してきたら、間違いなく許したでしょう。だから同じことです」

兎束が指輪を受け取ると、顔を歪め、目に泪《なみだ》をためた。

「私がしっかり向き合っていれば……」

そして顔を上げ、秋山を見る。

「最後に聞かせてもらえませんか、彼女のこと。息子が愛した女性がどんな人だったのか」

秋山は頷き、ベンチを手で示した。

「いい子でしたよ、とても」

それから兎束と恵美に向き直ると、嬉しそうに言った。

「先に帰ってろ。ちょっと長くなる」

この物語はフィクションであり、作品中に登場する人名や団体名、建物名、事件名などはすべて実在のものとは一切関係がありません。

協力／アップルシード・エージェンシー

光文社文庫

文庫書下ろし

ゴールドナゲット　警《けい》視《し》庁《ちょう》捜《そう》査《さ》一《いっ》課《か》・兎《う》束《づか》晋《しん》作《さく》

著　者　梶《かじ》　永《なが》　正《まさ》　史《し》

2024年6月20日　初版1刷発行

発行者　三　宅　貴　久
印　刷　萩　原　印　刷
製　本　ナショナル製本

発行所　株式会社　光　文　社
〒112-8011　東京都文京区音羽1-16-6
電話　(03)5395-8147　編　集　部
8116　書籍販売部
8125　制　作　部

落丁本・乱丁本は制作部にご連絡くだされば、お取替えいたします。
ISBN978-4-334-10344-6　Printed in Japan

組版　萩原印刷